Juliette à San Francisco

Catalogage avant publication de Bibliothèque et Archives nationales du Québec et Bibliothèque et Archives Canada

Brasset, Rose-Line, 1961-

Juliette à...

Sommaire: t. 8. Juliette à San Francisco.
Pour les jeunes de 10 ans et plus.

ISBN 978-2-89781-051-1 (vol. 8)

I. Brasset, Rose-Line, 1961- . Juliette à San Francisco. II. Titre. III. Titre: Juliette à San Francisco.

PS8603.R368J84 2014   jC843'.6   C2013-942497-0
PS9603.R368J84 2014

Les Éditions Hurtubise bénéficient du soutien financier du gouvernement du Québec par l'entremise du programme de crédit d'impôt pour l'édition de livres et de la Société de développement des entreprises culturelles du Québec (SODEC). L'éditeur remercie également le Conseil des arts du Canada de l'aide accordée à son programme de publication.

Financé par le gouvernement du Canada | Canadä

Illustrations de la couverture et intérieures: Géraldine Charette
Graphisme: René St-Amand
Mise en pages: Martel en-tête

Copyright © 2017, Éditions Hurtubise inc.

ISBN: 978-2-89781-051-1 (version imprimée)
ISBN: 978-2-89781-052-8 (version numérique PDF)
ISBN: 978-2-89781-053-5 (version numérique ePub)

Dépôt légal: 3e trimestre 2017

Bibliothèque et Archives nationales du Québec
Bibliothèque et Archives Canada

Diffusion-distribution au Canada: Diffusion-distribution en Europe:
Distribution HMH   Librairie du Québec/DNM
1815, avenue De Lorimier   30, rue Gay-Lussac
Montréal (Québec) H2K 3W6   75005 Paris FRANCE
www.distributionhmh.com   www.librairieduquebec.fr

Imprimé au Canada
www.editionshurtubise.com

ROSE-LINE BRASSET

Juliette à San Francisco

Hurtubise

Rose-Line Brasset est journaliste, recherchiste et auteure. Elle détient une maîtrise en études littéraires et a rédigé plusieurs centaines d'articles dans les meilleurs journaux et magazines canadiens sur des sujets aussi divers que les voyages, la cuisine, la famille, les faits de société, l'histoire, la santé et l'alimentation. Globe-trotter depuis l'adolescence, elle est aussi l'auteure de *Voyagez cool!*, publié chez Béliveau, et de deux ouvrages parus aux Publications du Québec dans la collection «Aux limites de la mémoire». Mère de deux enfants, elle partage son temps entre la vie de famille, l'écriture, les voyages, les promenades en forêt avec son labrador, la cuisine et le yoga.

À mes cousins californiens, Ronald, Donna, James et Paul Brasset, avec mon meilleur souvenir.

Celui qui ne sait pas d'où il vient ne peut savoir où il va car il ne sait pas où il est. En ce sens, le passé est la rampe de lancement vers l'avenir.

Otto de Habsbourg

Mercredi 27 septembre

16 H

Je rentre de l'école après une dure journée. J'ai perdu des points en maths parce que j'ai oublié mon devoir à la maison (oui, oui, je l'avais vraiment fait, je t'assure!); j'ai manqué le cours d'éducation physique parce que j'avais laissé mes chaussures de sport et mon short dans l'entrée; et pour couronner le tout, j'ai dû me contenter de bonbons de chez Pinoche ce midi parce que ma boîte à lunch était restée sur le comptoir de la cuisine. Grrr! J'aurais mieux fait de rester au lit! D'autant plus qu'il pleut à boire debout et que je n'ai pas pensé à prendre un imperméable. Je suis trempée et de mauvaise humeur. ☹

En mettant le pied dans la cuisine, j'entends des voix parler en anglais dans le salon. Et puis des rires... Maman n'est donc pas seule. Je fronce les sourcils et tends l'oreille. Il y a un homme avec elle ! Je suis surprise. Il est rare qu'elle reçoive qui que ce soit en milieu de semaine. Ma curiosité éveillée, il me tarde d'aller voir ce qui se passe.

— Salut m'man. Je suis rentrée…

Ma mère a l'air étonnée de me voir. Aurait-elle oublié mon existence ?

— Oh ! Julieeette ! Il est déjà 16 h ? Tu es toute trempée ! Tu n'as pas pensé à prendre ton imperméable ce matin ?

— Non…

Je souris poliment en me tournant vers l'inconnu, qui s'est levé promptement du divan. Je tends la main, comme ma mère me l'a appris.

— Bonjour, monsieur, je suis Juliette.

L'homme est vieux. Enfin, je veux dire que ses tempes sont grises, que son crâne commence à se dégarnir et qu'il a des rides autour des yeux… Difficile de dire s'il a quarante, soixante ou mille ans. Il m'est surtout parfaitement étranger même s'il me sourit à la manière de celui qui me connaît déjà. Sans doute un collègue journaliste de maman, un brin excentrique lui aussi, pensé-je.

— Oh ! Juliet, je suis enchanté de ta rencontrer.

Il a dit « ta » rencontrer au lieu de « te » rencontrer et il a prononcé mon prénom à l'anglaise, ce qui donne « Juliet » plutôt que « Julieeette », comme l'articule ma mère lorsqu'elle est exaspérée ou étonnée. (Personnellement, je préférerais qu'elle m'appelle tout simplement Jules. Dans la bouche de maman, Juliette sonne de la même façon que « clarinette » ou « trompette », si tu vois ce que je veux dire... 😖)

— Je m'appelle Barry, poursuit l'homme en me secouant si vigoureusement la main que mon épaule manque de se disloquer...

— Euh, aïe !

— Oh, pardon ! fait-il en me lâchant avec un air contrit.

Les présentations terminées, il y a un étrange moment de silence pendant lequel nous restons là, à nous observer discrètement les uns les autres. Je me trompe ou il y a un malaise ?

— Euh ! Barry s'en allait justement, balbutie ma mère en se levant à son tour.

— Oui, je dois y aller, acquiesce-t-il, en nous jetant un drôle de regard.

Jusque-là, tout avait l'air à peu près normal, quoiqu'un peu louche, avoue, mais c'est ici que ça se gâte. Écoute bien ça !

— Ne te dérange pas, ma chérie, je connais la chemin, conclut l'homme avant de se pencher sur ma mère pour lui coller un long (ben trop long) baiser sur la joue. Au revoir, Juliet ! On se reverra bientôt, très certainement.

Ma quoi ? ? ?

— ...

Tel un habitué des lieux, le dénommé Barry (plus que bizarre ce prénom, je sais !) quitte la pièce et traverse tout le rez-de-chaussée sans escorte jusqu'à l'entrée principale en lançant un dernier « *Bye-ye* » avant de sortir, roulant ses yeux dans la graisse de bine en direction de ma mère.

Je suis bouche bée. Qu'est-ce que c'est que cette histoire farfelue ? Pourquoi cet inconnu l'a-t-il appelée « ma chérie » ? Pour qui se prend-il ? Comment se fait-il qu'il semble si bien connaître les lieux ? S'agit-il d'un oncle dont on m'aurait caché l'existence ?

— C'était qui ce monsieur ? finis-je par articuler. Et qu'est-ce que ça voulait dire au juste ce "On se reverra bientôt, très certainement" à mon intention ? C'est un de tes collègues ?

— Oui, euh, non. Juliette, ma chouette, tu ferais mieux de t'asseoir. Il faut que je te parle de quelque chose.

17 H

Je suis fu-ri-euse ! Ma mère... Je ne peux pas croire qu'elle m'ait fait une chose pareille. Tu ne devineras jamais ce dont il s'agit ! Quoi ? Tu dis que tu en as une petite idée ? Pfff ! Naooon ! Tu ne te rends pas compte ! Elle pense qu'elle est a-mou-reuse ! ARK-QUEEE ! Comme dans « affreuse », « odieuse » et « monstrueuse ».

C'est un coup bas, rien de moins. Et de qui est-elle amoureuse ? Je n'arrive pas à y croire ! De ce... de cet... de ce-e-e bonhomme qui était tout à l'heure dans le salon ! Je rêve ! Il n'est pas... Il est... Non ! JE NE L'AIME PAS ! En fait, tu as raison, je ne le connais pas... Et je ne suis pas du tout certaine de vouloir remédier à cela. Comment a-t-elle pu oublier de me demander mon avis avant de... de... enfin, tu comprends sûrement de quoi je parle ! Avant de tomber dans les bras de cet étranger ! Que dis-tu ? Comment ça, elle n'avait pas à me demander la permission ? ! Grrr ! Arrête ou je risque d'étouffer de rage ! ☺

17 H 30

Non, elle ne peut pas m'annoncer qu'elle est amoureuse sans mon approbation, bon ! Et puis, il sort d'où celui-là ? C'est la première fois que je le vois ! Et moi ? Y as-tu pensé ? Que vais-je devenir dans tout cela ? ☹

Je lui en veux tellement que je passe l'heure du souper à bouder. En fait, je suis confuse. Mes sentiments s'entremêlent. La colère a fait place à la tristesse, puis à l'angoisse. Je ne comprends pas trop ce qui se passe et quelles seront les conséquences, seulement je me doute qu'il y en aura. Mon assiette de lasagnes terminée, je me précipite sur l'ordi pour parler à Gina sur FaceTime.

Moi : Tu n'as pas idée de ce qui m'arrive !

Gina (alarmée, mais pas trop) : Ça a l'air grave. Tu as perdu quelque chose ?

Moi (indignée) : Peut-être bien, oui. Il y avait un homme dans le salon quand je suis rentrée de l'école tout à l'heure. Un anglophone.

Gina : Ah bon ! C'était qui ?

Moi (certaine de mon effet) : Le nouvel amoureux de ma mère, apparemment.

Gina (surprise) : Tu me niaises ? Ta mère ?

Moi (contente de l'effet produit) : Ben oui. C'est l'horreur, non ?

Gina : C'est plutôt cool, je trouve ! Je suis contente pour elle. Jusqu'à présent, elle passait toutes ses soirées et ses fins de semaine à travailler pendant que toi, tu t'amusais.

Moi : Tu ne te rends pas compte, Gina !

Gina : Comment ça ?

Moi : Cet homme risque de prendre ma place. Ça saute aux yeux, non ! Pourquoi ma mère aurait-elle besoin d'un amoureux alors que je suis là ? En plus, c'est un vieux.

Gina : Ta mère n'est pas précisément ce qu'on appelle une jeune femme non plus. Ma mère à moi, elle répète tout le temps que l'amour des enfants n'est pas suffisant pour procurer à une femme une vie affective équilibrée.

Moi : Qu'est-ce que tu me chantes là ? Et puis, qui va s'occuper de moi s'il y a quelqu'un d'autre dont elle doit s'occuper ?

Gina : Tu dramatises, là. Tu as peur de ce qui risque d'arriver, c'est ça ?

Moi : Ce n'est pas cela du tout. Le problème vient du fait que ce… cet homme, il n'est pas mon père, voilà !

Il n'est pas mon PÈRE. Le mot est lâché. Je n'ai PAS de père, moi ! Enfin, je ne le connais pas. Et tout le drame est là, ne trouves-tu pas ? C'est d'ailleurs ce qui me plonge dans cet état, du moins, je crois. Les larmes me montent aux yeux. J'ai besoin d'être seule pour réfléchir. Je prétexte un devoir à terminer pour quitter Gina et FaceTime. Je m'installe sur mon lit et je me roule en boule sur les coussins avec mon éléphanteau dans les bras. Je dois mettre de l'ordre dans mes idées. Depuis que je suis toute petite, ma mère s'assombrit et élude la question lorsque j'essaie d'en savoir plus au sujet de l'homme avec qui elle m'a fabriquée. Elle prétend qu'il a disparu de sa vie avant ma naissance. Ça veut dire qu'en dehors de ma mère et de ma grand-mère, je suis absolument seule au monde. Rien de bien rassurant. (Tu en penses quoi ?)

21 H

J'ai pris mon bain, mis mon pyjama, brossé mes dents et me voilà au lit. Toute la soirée, j'ai jonglé avec mille et une pensées. J'en arrive à la conclusion qu'il me faut avoir une explication avec ma mère. Je dois lui dire que le mystère a assez duré, que j'ai BESOIN de savoir. Si ça se trouve, mon père est un bandit et il est en prison ou pire, il est mort avant ma naissance! ☺ À moins qu'il ne s'agisse d'un sultan vivant au Moyen-Orient au milieu d'un harem de huit épouses et trente-deux enfants? Ou bien d'un acteur de cinéma australien genre Liam Hemsworth, dans *Hunger*

Games? ☺ Non, plutôt un athlète russe spécialiste du lancer du javelot! Ou un gaucho? (Ben, non! Pas un «gars chaud»! Un gaucho est une sorte de cow-boy qui vit en Amérique du Sud. ☺) Non! C'est peut-être plutôt un samouraï japonais ou un pompier new-yorkais? Hum, pas sûre! Oh, et puis j'en ai assez de spéculer! Maman DOIT me raconter ce qui s'est passé entre mon père et elle, et m'expliquer pourquoi je n'ai jamais eu l'honneur de faire sa connaissance. On est d'accord? Si elle ne le fait pas, je risque de passer ma vie à me poser des questions, à me sentir abandonnée. En tout cas, une chose est certaine, il n'est pas question de me laisser apprivoiser par son... son espèce de nouveau chum! Demain matin, c'est décidé, j'aborde pour de bon la question. Et si elle se dérobe, j'emploierai tous les moyens nécessaires, parole de Jules!

Cette décision prise, je me sens un peu mieux. Ça va bien aller. Mes paupières sont lourdes. Je me demande s'il a les cheveux et les yeux bruns comme les miens, mon père... Zzz...

22 H

Je rêve. Je suis aussi légère qu'un oiseau et je vole. Tiens, voilà celui que je cherchais! C'est mon

17

papa ! Il porte des lunettes de soleil et une cas-
quette d'aviateur, alors je ne distingue ni ses yeux
ni ses cheveux, mais je vois le bas de son visage.
Il pilote un petit avion et il me sourit lorsque je le
croise en battant des ailes. Il me parle aussi. Que
dit-il ? Il affirme qu'il est heureux de faire enfin
ma connaissance. Je lui souris à mon tour et lui
tends les bras. Oups, il vole plus vite que moi. Il
faut que je le rattrape. Attends-moi, p'pa !

Jeudi 28 septembre

7 H 15

Je prends mon petit-déjeuner pendant que maman est sous la douche. Tiens, la voilà déjà tout habillée !

— Je peux te parler, m'man ?

— Désolée, ma chérie, mais je suis pressée.

Elle tient ses clefs et son porte-document.

— Ne m'attends pas après l'école, j'ai une journée de fou ! Je serai d'abord en réunion puis, en début de soirée, je réalise une entrevue avec une personne très importante pour un article que je dois écrire. J'ai laissé ton souper au frigo. Des macaronis au fromage que j'ai préparés hier soir. Tu n'as plus qu'à les mettre au four. Ça ira ?

— Mais maman, j'aimerais te parler de quelque chose. C'est VRAIMENT TRÈS important !

Elle se penche et m'embrasse sur le front.

—Je ne rentrerai probablement pas très tard. Je viendrai te dire bonsoir si tu es déjà au lit. Tu peux inviter Gina et Gino à venir manger avec toi. Au revoir, ma Juliettounette! Passe une bonne journée.

—Oui, mais...

Sans plus m'écouter, elle tourne les talons et quitte déjà la maison par la porte de la cuisine, non sans me lancer une dernière recommandation:

—N'oublie pas d'éteindre le four après t'en être servi et de mettre les assiettes sales au lave-vaisselle!

—Mais...

—Be-Bye-ye!

Grrr... Bon ben, mieux vaut me rendre à l'évidence, il est possible qu'elle ne se laisse pas facilement tirer les vers du nez. J'imagine que tu as remarqué que malgré le fait que j'ai mentionné que le sujet était «TRÈS IMPORTANT», elle a semblé prendre ma requête tout à fait à la légère. Encore une fois, je me retrouve seule avec mes questions. Je jette un œil sur la porte fermée du bureau de maman. Hum, à moins que... J'ai peut-être une autre idée, tu vois?

12 H

À l'heure du lunch, je mange à la cafétéria de l'école avec Gino, Gina et Youssef, le nouvel amoureux de Gina. Après leur avoir raconté dans le détail mon affreuse soirée d'hier, je leur fais part de ma décision d'élucider enfin le mystère entourant l'identité de mon père.

— Tu veux dire que ta mère ne t'a jamais donné la moindre information à ce sujet ? s'étonne Gino. C'est absolument incroyable, ça !

— C'est pourtant vrai. Je ne sais même pas s'il est mort ou vivant. S'il sait que j'existe ou pas.

— Je compatis avec toi, mon amie, se désole Youssef, ça doit être terrible ! Dans le pays où je suis né, on dit que "celui qui ne sait pas d'où il vient ne peut savoir où il va, car il ne sait pas où il est[1]".

— Elle a sûrement une bonne raison de se taire, la défend Gina. Moi, lorsque ma mère me cache quelque chose, c'est que l'information risque de ne pas me plaire. Tu as pensé au fait qu'il s'agit peut-être de quelqu'un de peu recommandable ?

---

1. En fait, cette citation est attribuée à Otto de Habsbourg, un archiduc autrichien, mais elle a bien voyagé depuis...

Un frisson d'appréhension me secoue des pieds à la tête. Évidemment, Gina a raison. Il s'agit d'une possibilité… Pourvu qu'il n'en soit rien! Je me demande comment je réagirais, si c'était le cas. Je veux dire, si mon père n'était pas à la hauteur du père de mes rêves, serai-je assez forte pour encaisser le coup? Bah! Probablement. Tout le monde n'a pas la chance d'avoir un super-héros pour papa! Et maman ne se serait jamais acoquinée avec un bon à rien, du moins, il me semble… (T'en penses quoi, toi?)

—Que l'information me plaise ou non, je veux savoir, continué-je. Là, c'est de la torture. Et puis, il y a ce presque vieillard dont elle se croit amoureuse. Il n'est pas question que je le laisse entrer dans notre famille sans même savoir qui est mon véritable père!

Gino éclate de rire.

—Ce n'est pas parce qu'un homme a quelques cheveux gris qu'il s'agit d'un vieillard, tu sais. Tu devrais être un peu plus indulgente. Ta mère a plus de quarante ans, quand même. Je ne serais pas surpris que ton véritable père en ait cinquante.

—Grrr… Tu ne comprends rien à mes sentiments parce que tu as toujours vu ta mère et ton père ensemble, m'offusqué-je en lui assénant un coup d'épaule. Il n'est pas question que je laisse ma mère me délaisser au profit d'un parfait inconnu, tiens-le-toi pour dit!

— Je te comprends, approuve Gina en hochant la tête. Chaque fois que ma mère a un nouvel amoureux, j'ai peur qu'elle se mette soudain à moins m'aimer.

— Je pense sincèrement que vous vous inquiétez pour rien, les filles, tente de nous rassurer Gino, l'air sérieux. Ma mère jure que l'amour est la seule chose multipliable à l'infini. Vos mamans vous aiment plus fort que tout, et le fait qu'elles se sentent bien avec un homme ne menace en rien leur attachement envers vous. Tu devrais donner une chance à ce pauvre monsieur Barry, Jules! Qui sait, il pourrait s'avérer un ami et un allié pour toi, autant qu'un bon compagnon pour ta mère.

— Bon, ben, on verra. En attendant, il faut que j'en apprenne plus sur mes origines et je ne suis pas certaine que ma mère me donnera facilement l'information. Changement de propos, elle doit rentrer tard ce soir. Vous voulez venir souper à la maison?

— Désolé, mais comme d'habitude, je dois m'occuper de ma petite sœur et de mes frères après l'école, s'excuse Youssef, dont la maman travaille à des heures irrégulières.

—Qu'y aura-t-il à manger? demande Gina, qui aime particulièrement la cuisine de ma mère.

—Des macaronis.

—Yé!

—J'adore aussi les macaronis de ta mère, affirme Gino en me faisant un clin d'œil. Je viendrai avec plaisir.

Je suis contente de ne pas passer la soirée seule. En particulier parce que j'ai une petite idée derrière la tête. Tu veux savoir quoi? Il te faut attendre jusqu'à la fin de l'après-midi toi aussi... ☺

16 H

Gino, Gina et moi poussons la porte d'entrée de la maison.

—Il y a quelqu'un? Maman?

(Je sais, elle n'est pas censée être là, mais on ne sait jamais!)

—Il n'y a personne, noté-je à l'intention de mes amis.

—Ce n'est pas ce qui était prévu? m'interroge Gina en enlevant sa veste et ses chaussures.

—Oui, mais je voulais juste m'assurer qu'il n'y a pas de changement. Allez, venez, j'ai quelque chose à vous montrer.

Mon sac déposé sur le comptoir de la cuisine, je me dirige vers le bureau de ma mère sans plus attendre.

— Mais, que fais-tu ? demande Gino. Je croyais qu'on s'installerait comme d'habitude dans la cuisine pour faire nos devoirs ? Et puis, j'ai un peu faim. Tu n'as pas un petit creux, toi ? Ta mère a souvent des biscuits dans le garde-manger...

Il accompagne ses propos d'une mine gourmande, se léchant déjà les babines.

— Oui, sauf qu'il y a un truc que j'aimerais voir avant et pour lequel je vais peut-être avoir besoin de votre aide.

— Ah bon ! s'étonne Gina.

— Tu avais donc une idée derrière la tête en nous invitant ! constate Gino.

— Venez donc !

16 H 02

À la fois espace de travail et chambre d'amis, le bureau est sans doute l'une des plus jolies pièces de la maison, avec ses deux larges fenêtres qui laissent entrer librement la lumière, son sofa-lit de cuir brun rehaussé de coussins multicolores, ses murs ornés d'affiches que nous avons trouvées çà et là, au fil de nos voyages, et que ma mère a fait encadrer au retour. La plupart ont directement été décollées de la vitrine d'un café de La Havane ou de celle d'un restaurant de Barcelone, d'une boutique de Rome ou d'une gare parisienne. Toutes me rappellent de fabuleux souvenirs. Sur la grande table de travail, des photos de ma mère et moi se disputent la place avec l'écran de l'ordinateur. Je m'attarde un moment à regarder une photo de moi sur mon premier vélo. Je dois avoir six ans. Je porte un short en jeans et un t-shirt rose. J'ai un genou écorché et mes couettes me donnent un air espiègle. Ma grand-mère apparaît aussi sur quelques clichés, assez rarement il est vrai. « Il faut bien quelqu'un pour tenir l'appareil photo », m'a-t-elle expliqué un jour. Hum! Notre famille est plus que minuscule puisque nous ne sommes que trois. Jusqu'à présent, cela m'allait, mais je refuse dorénavant de m'en tenir à cela sans autre explication. Sur le mur du fond, il y a un grand classeur. C'est par là que débuteront mes recherches. Fermement décidée à aller jusqu'au bout, je tends la main vers la poignée du tiroir supérieur.

Pas de chance, le meuble est fermé à clef.

— Qu'est-ce que tu fabriques au juste? questionne Gino. Tu ne vas pas fouiller dans les affaires de ta mère quand même!

— C'est là-dedans que maman cache tous ses secrets.

— Ben justement, proteste Gina, la mine aussi scandalisée que Gino. Ça explique pourquoi il est verrouillé.

— Allons-nous-en vite avant qu'on ne nous prenne en flagrant délit! ajoute Gino.

— Attendez, insisté-je, en me retournant pour leur faire face. Vous ne comprenez pas. Ma mère ne me donnera pas si facilement l'information que je cherche à obtenir concernant mon père. Je lui ai posé la question un million de fois déjà, minimum. Si elle est restée silencieuse si longtemps, c'est forcément pour une raison. Or, je DOIS savoir. Aidez-moi, s'il vous plaît!

Les larmes aux yeux, je passe une main dans mes cheveux pour me donner une contenance. Ce n'est vraiment pas juste! Mes amis, eux, savent exactement de qui ils sont les enfants. Moi, je n'ai que cinquante pour cent de l'information.

Tous deux se montrent hésitants. Gina semble se rendre à mes arguments.

— D'accord pour te donner un coup de main, Jules, mais seulement parce que tu es ma *best* et que cette histoire te rend malheureuse.

— Si ta mère apprend que nous sommes entrés dans son bureau pour le fouiller, je mourrai probablement de honte, abdique à son tour Gino, mais je ne supporte pas de te savoir triste moi non plus. Allez, dépêchons-nous, mais avant, faisons le serment de ne jamais raconter à qui que ce soit ce que nous découvrirons ici cet après-midi.

Tendant tous trois le bras vers l'avant, nous posons nos mains les unes sur les autres avant de déclarer solennellement à l'unisson :

— Sur l'honneur, et sur la tête les uns des autres, juré, craché, nous promettons de garder le silence sur ce qui va bientôt se passer dans cette pièce, et ce, quelles que soient les tentations ou formes de torture dont nous pourrions être l'objet.

— De torture ? Vraiment ? hésite Gina.

— Où est-ce qu'on crache ? demande Gino.

— Ben là, c'est juste une façon de parler, balbutié-je.

— Pas du tout, rétorque Gino. Pour jurer, il faut cracher.

— Absolument, confirme Gina. C'est du sérieux puisqu'on parle de torture…

— Bon ben, allons dans la salle de bain alors, réponds-je.

16 H 15

Une promesse solennelle et trois crachats plus tard, nous voici de retour devant le classeur de ma mère, toujours barré.

— On fait quoi maintenant ? demande Gina.

— On cherche ailleurs, marmonné-je en examinant toute la pièce du regard.

— La clef est peut-être quelque part ici, dans le bureau, suggère Gino.

— Oui, c'est ce que je crois aussi, acquiescé-je, optimiste.

Sans plus hésiter, je me mets à fouiller un peu partout, imitée timidement par mes deux complices qui ont l'air de se demander pourquoi ils se sont embarqués dans cette galère…

Outre le classeur, le sofa et la table de travail, la pièce compte plusieurs bibliothèques ainsi qu'une petite table basse encombrée de papiers et de bibelots. L'inspection de tout ce bazar n'ayant rien donné, je m'attaque aux rayonnages. Ils sont pleins de livres, sans compter que ma mère y expose aussi la plupart de nos souvenirs de voyage. On y trouve entre autres une mini tour Eiffel rapportée de Paris, une photo encadrée de nous deux devant le Flatiron, l'édifice en forme de fer à repasser, à New York, un vide-poche marchandé à Rome, une paire de sabots achetée dans un marché d'Amsterdam, un petit bateau confectionné en papier mâché offert par mon ami Dimitri, qui vit à La Havane. Je ne peux m'empêcher d'être émue en me revoyant en pensée dans chacun de ces endroits. Je me suis fait des amis à chaque fois et ils me manquent toujours. Ma mère s'est donné pour objectif de faire le tour du monde avant ses cinquante ans. Je ne sais pas où elle veut aller comme ça, mais, moi, je veux simplement savoir d'où je viens...

— Oups ! Il y a quelque chose dans un de ces sabots. Regarde, on dirait une clef ! annonce Gina, triomphante, en brandissant ce qui pourrait bien être l'objet de nos recherches.

— Eurêka ! fais-je. Bravo, Gina !

Reste à voir s'il s'agit de la bonne clef... Je m'en empare avec avidité puis tente nerveusement de l'introduire dans la serrure du grand classeur.

16 H 30

La clef entre et tourne parfaitement dans la serrure. Youpi ! pensé-je tout bas. Maintenant que trouverai-je là-dedans ? J'avoue avoir le cœur qui bat la chamade.

— As-tu une idée de ce que nous cherchons exactement ? demande Gino.

— Hum, une fois, alors que maman sortait nos passeports de la chemise de carton où elle les range, j'ai aperçu une grande enveloppe brune qui m'a paru suspecte. Lorsque je lui ai demandé ce qu'elle contenait, maman a rougi comme un camion de pompier et a balbutié une explication tellement abracadabrante que j'ai tout de suite senti qu'il y avait quelque chose de louche là-dessous.

Fébrile, j'examine le contenu du classeur, en écartant du bout des doigts chaque chemise de carton. Sous l'onglet « C », je trouve une chemise marquée « Certificats de naissance ».

— Ben voilà, c'est ce qu'il nous faut ! s'exclame Gino. Les noms des deux parents devraient apparaître sur ce certificat. Sors vite le tien !

Je m'exécute avec empressement. Les yeux agrandis par l'excitation, j'examine le document avec autant d'attention que s'il allait me divulguer un secret de sécurité nationale. On entendrait une mouche voler dans la pièce. Le certificat de naissance est un papier bleu et blanc d'allure très officielle ne comportant que quelques lignes destinées à établir notre identité. Quatre lignes en fait. Sur la première, on trouve « Nom » et « Prénom(s) », à la deuxième « Sexe », et à la troisième « Lieu et date de naissance ». La quatrième, la plus importante, mentionne les « Père » et « Mère ». Mes yeux se remplissent de larmes. Sous « Mère » il est écrit « Bérubé, Marianne ». Sous « Père » il est écrit… « Inconnu ».

— Ma pauvre Jules, me plaint mon Gino qui a lu par-dessus mon épaule. Je suis vraiment désolé.

— Qu'est-il écrit ? demande Gina, curieuse.

— Il est écrit que je suis née de père inconnu, sangloté-je, le visage inondé de larmes.

— Ohhh ! ma pauvre amie ! Voyons, ne pleure pas. Je comprends ta tristesse, compatit Gina, mais tu t'attendais à quoi au juste ? Allez, continuons à chercher. Où est donc cette enveloppe dont tu nous as parlé tout à l'heure ?

— Tu as raison, approuvé-je, en séchant mes larmes avec la manche de ma blouse. Elle devrait être par ici. Attends.

Reportant mon attention sur les divers dossiers contenus dans le classeur, je ne tarde pas à mettre la main sur ce que je cherche.

— Regardez, la voilà ! exulté-je en agitant sous le nez de mes amis une vieille enveloppe toute froissée, qui était bien cachée sous l'onglet « S » entre le dossier « Rénovations de la cuisine » et celui marqué « Téléphone ».

— Oh! se trouble Gina, la bouche ouverte et les yeux écarquillés. Tu es bien certaine de vouloir en inspecter le contenu? Ça a l'air confidentiel...

— Je ne fais rien de mal puisqu'elle n'est pas cachetée, réponds-je, en toute mauvaise foi.

— Attention, Jules, il pourrait y avoir des conséquences au geste que tu t'apprêtes à poser, m'avertit encore Gino.

Oh, ils m'agacent à la fin! Puisqu'il s'agit des affaires de ma propre mère, c'est un peu aussi mes affaires, non? (Aaah! Si tu n'es pas de mon côté, je préfère que tu ne me le dises pas! ☺)

Sans plus réfléchir, j'ouvre l'enveloppe et en déverse le contenu sur la table basse devant le sofa.

16 H 45

— Eh ben! laisse échapper Gina, les yeux ronds.

— Hum, bizarre, observe Gino.

— Ouais... soupiré-je, déçue.

S'étalant sur la table, il y a deux photos, un bracelet d'amitié tressé de fils de coton multicolore (comme Gina et moi en avons souvent échangé), des articles de journaux en anglais, et ce qui semble être des menus de restaurants. Rien de plus.

— C'est quand même décevant, ajouté-je.

— Attends avant de conclure cela, m'objecte un Gino dont les scrupules semblent soudain avoir disparu comme par magie. Épluchons d'abord tous ces documents. On commence par les photos ?

— D'accord.

Je tends la main vers une première pièce à conviction. Au centre de l'image, il y a ma mère, en short et t-shirt, un sac de voyage sur le dos. Comme elle a l'air jeune ! Ses épais cheveux blonds bouclés moussent autour de son visage puis retombent librement sur ses épaules. L'air heureux, elle fixe l'objectif en arborant son plus radieux sourire. À son poignet, il y a ce qui semble être le bracelet de coton tressé trouvé dans l'enveloppe. À sa droite, il y a un homme aux cheveux bouclés, âgé d'environ trente ans. Il est barbu, porte des lunettes de soleil et sourit de toutes ses dents. À sa gauche, il y a un autre homme. Celui-ci porte un bandana rouge sur des cheveux bruns foncés. Il a l'air plus sérieux et il est beau comme un acteur de cinéma. Difficile de dire s'il a vingt ou trente ans. Derrière le trio, on aperçoit une forêt d'arbres géants. Je crois qu'il s'agit de séquoias. En classe de géo, j'ai vu un documentaire sur ces arbres. Il y avait un tunnel creusé dans l'un d'eux. Un trou assez large pour laisser passer une voiture. Puisque je te le dis! Non, non, je n'exagère pas! Grrr... Non, je n'ai PAS l'habitude d'exagérer! ☺

Retournant la photo, je constate qu'il y est écrit quelque chose au crayon de plomb.

—Regardez, il y a une inscription ici!

—Le nom des compagnons de ta mère peut-être? avance Gina.

—Euh... je pense que oui. Du moins celui de l'un d'eux.

Je plisse le nez pour mieux lire.

—Il est écrit "Muir Woods". Vous croyez que mon père se prénomme Muir? demandé-je.

(Juliette Woods, fille de Muir Woods et Marianne Bérubé! Ça sonne quand même un peu bizarre, non? Tu ne crois pas? ☺)

—Je doute que ce soit le nom d'une personne, pressent Gino. Il s'agit plutôt d'un nom de lieu, à mon avis. On regardera ça sur Internet tout à l'heure. Pour le moment, examinons l'autre photo.

Sur celle-ci, je reconnais tout de suite les deux hommes de la photo précédente. Le barbu porte toujours ses lunettes de soleil et l'autre a troqué le bandana pour un chapeau à larges bords. Au centre, cette fois, il y a une jeune femme aux longs cheveux bruns nattés et à l'allure athlétique. Les deux hommes lui encerclent la taille de leurs bras. En fond de scène, il y a un énorme pont suspendu en métal peint en rouge. Je crois avoir déjà vu ce pont quelque part, mais où ? Il n'y a aucune inscription derrière l'image cette fois. Je suis hyper déçue. Décidément, ces photos ne révèlent pas grand-chose…

— Tu savais que ta mère était déjà allée à San Francisco ? me demande Gino.

— Euh, non. Pourquoi ?

— Parce que le pont que tu vois là, c'est le Golden Gate Bridge, annonce-t-il.

— Le Golden quoi ? Il est rouge.

— Je sais, sauf que c'est indéniablement le pont suspendu qui enjambe l'embouchure de la baie de San Francisco. Il est justement célèbre pour sa couleur.

Je secoue la tête de gauche à droite.

— Ma mère ne m'a jamais parlé de ce voyage.

— Et elle ne t'a jamais montré ces photos ou parlé de ces trois personnes ? insiste Gino.

— Jamais, réponds-je.

— Hum, laisse-t-il échapper, l'air songeur. Je me demande…

— Admets que c'est bizarre, insiste Gina. Pourquoi ta mère garde-t-elle ces photos et les choses qui l'accompagnent dans une enveloppe plutôt que dans un album ? C'est comme si elles lui étaient chères, mais qu'il s'agissait d'un secret.

— Il pourrait s'agir d'un voyage de presse ayant eu lieu avant la naissance de Jules, suggère Gino. Les trois autres pourraient être des collègues.

— Et elle aurait conservé un bracelet d'amitié en souvenir de cette époque ? Je ne crois pas ! tranche Gina.

— Ma mère a été infirmière jusqu'à mes dix ans, précisé-je. Elle n'est devenue journaliste que lorsque je suis entrée au secondaire.

— Ces trois-là comptaient sûrement beaucoup pour elle. Pourquoi, sinon, avoir gardé tout cela ? questionne mon amie.

— Je n'en sais trop rien.

La vérité, c'est que je ne suis plus certaine d'avoir envie d'apprendre là, sur-le-champ, qu'un de ces deux hommes est peut-être mon père. En tout cas, la couleur des cheveux mise à part, je ne trouve ni à l'un ni à l'autre de ressemblance avec moi. En particulier celui qui porte la barbe ! (Ça doit atrocement piquer, non ? 😬)

L'air complètement absorbé par sa tâche, Gino délaisse l'examen des photos pour se consacrer à celui des coupures de journaux.

— Hum, émet-il à nouveau.

Il réfléchit, mon chum. (Je le sais à cause des plis qui se forment sur son front lorsqu'il cherche à résoudre une énigme. 😵)

— Qu'y a-t-il ? demandé-je.

— Tous ces articles ont été écrits par la même personne, un certain Adam Pearson. Ce nom te rappelle-t-il quelque chose, Jules ?

— Non, pourquoi ?

— Je me demande s'il ne s'agit pas de l'un des deux hommes photographiés avec ta mère. Quoi qu'il en soit, ce monsieur Pearson est un journaliste manifestement spécialisé dans les conflits internationaux. Un métier bien dangereux. Regarde !

Jetant un œil à la pile de coupures de presse que me tend Gino, je frémis. Les titres sont effrayants : *Aerial bombardments in Irak*, *Explosion in Beirut, Lebanon*, *Terrorist attack in Algeria*, *Riots erupt in Mexico*, *Violent confrontations in Ukraine* et ça continue.

— Les dates des articles s'échelonnent de 2004 à la fin de 2015, remarqué-je.

— La plupart sont tirés du *San Francisco Daily Journal* ou du *San Francisco Chronicle*, poursuit Gino, mais certains proviennent aussi du *USA Today*, du *New York Times*, du *Washington Post* et même du *Miami Herald*. Il s'agit probablement d'un reporter indépendant et il voyage beaucoup, c'est le moins que l'on puisse dire.

— Hum, je me demande pourquoi ma mère a gardé tout cela. C'est vraiment bizarre.

Je me mords la lèvre supérieure. Décidément, je ne suis plus DU TOUT certaine de vouloir savoir de quoi il retourne. Ai-je envie de me découvrir un père pareil? Barbu de surcroît. Naooon! Me semble qu'avec ma mère globe-trotter, j'en vois déjà de toutes les couleurs!

— Nous faisons probablement fausse route.

— À moins que ta mère ne garde tout cela parce qu'elle caresse le désir de se lancer dans l'écriture de romans d'aventures? Il y a décidément anguille sous roche, insiste Gino.

Le hic, c'est que les titres de ces articles me donnent littéralement froid dans le dos. Le cœur serré, j'interroge Gino:

— Crois-tu que mon père puisse être un terroriste international ou une sorte de mercenaire?

Mon ami éclate de rire.

— Je ne crois pas, non.

Devant mon visage anxieux, il redevient sérieux.

— Tout ce que le contenu de cette enveloppe nous permet de penser, c'est que ta mère est peut-être devenue journaliste pour suivre les traces d'un ami américain, lui-même reporter, et dont elle a peut-être fait la connaissance lors d'un voyage à San Francisco, qu'elle aurait effectué avant ta naissance. Point à la ligne.

— Pourtant, si on en croit l'époque où cette photo a été prise, il se pourrait parfaitement qu'un de ces deux-là soit ton père ! insiste la fantasque Gina, les yeux agrandis par l'excitation.

— C'est possible, sauf que rien ne nous le prouve, tempère Gino. En tout cas, je ne crois pas que l'on puisse se fier à ces seuls indices pour tirer d'aussi hâtives conclusions.

— J'ai entendu du bruit dans l'entrée, m'affolé-je en sursautant.

17 H 30

Alerte générale ! Nos trois paires d'yeux agrandis par la crainte d'être pris sur le fait, nous bondissons sur nos pieds. En moins de temps qu'il n'en faut pour dire « ayoye ! », mes copains et moi replaçons les coupures de journaux, les menus de restaurants, les photos et le bracelet dans l'enveloppe. Je fais mine de ranger cette dernière dans le tiroir d'où nous l'avons tirée, pendant que mes compagnons se précipitent hors de la pièce.

Je la reprends dès qu'ils passent le seuil et la cache sous mon pull, avant de refermer le classeur et de remettre la clef dans le sabot, sur le rayon de la bibliothèque. Je sors ensuite en refermant la porte derrière moi afin d'aller rejoindre les autres, non sans un rapide petit détour par ma chambre pour cacher l'enveloppe sous mon oreiller... ☺

17 H 33

Fausse alerte! Le bruit n'était rien d'autre que de timides coups frappés à la porte d'entrée par la petite voisine qui veut nous vendre des tablettes de chocolat.

— Les bénéfices iront à mon club de gymnastique, explique-t-elle. C'est pour financer un voyage à New York.

— Cool! Tu adoreras New York, j'en suis certaine! J'y suis déjà allée et j'ai aimé ça comme une folle! On lui en achète trois? suggéré-je à l'intention de mes amis.

— Ce sera parfait pour notre dessert, s'allume Gina, aussi gourmande que moi.

— Il faut peut-être songer à manger, suggère Gino, pragmatique, en mettant la main dans sa poche pour sortir de la monnaie.

La voisine partie, nous nous sentons tous près de l'inanition.

—J'ai tellement faim tout à coup, se lamente Gino.

—Et moi donc! renchérit Gina.

—Vous avez toujours envie de macaronis au fromage? demandé-je.

—Oui! s'embrasent en chœur mes compagnons.

On est définitivement faits les uns pour les autres, pensé-je. (Et toi? Quel est ton repas préféré?)

18 H 30

Notre souper englouti (dessert compris), la vaisselle rincée et les devoirs terminés, nous nous penchons sur nos iPad pour effectuer une petite investigation.

—Allons sur Google et cherchons d'abord "Muir Woods", suggère Gino.

—Bonne idée, réponds-je, admirative. Ce Muir Woods est peut-être la clef de l'énigme.

La requête lancée, les résultats ne tardent pas à apparaître.

—Eurêka! s'écrie mon ami, triomphant. C'est bien ce que je pensais! D'après Wikipédia, il s'agit d'un nom de lieu et non de celui d'une personne.

—Ah bon! noté-je, déçue.

— "Le monument national Muir Woods est situé à quelques kilomètres au nord de San Francisco", récite Gina qui se sent obligée de nous faire la lecture à voix haute. "Cette forêt de séquoias à feuilles d'if doit son nom à l'écrivain et philanthrope John Muir qui, bien que né en Écosse, est décédé en Californie en 1914. Le terrain qu'il a légué pour créer un parc fait partie du Golden Gate National Recreation Area."

— C'est bien intéressant, mais ces renseignements ne nous avancent pas à grand-chose, constaté-je, dépitée. En 1914, même ma mère n'était pas née.

— Tout n'est pas perdu, reprend Gino, cherchons maintenant ce qu'on dit au sujet d'Adam Pearson.

— Il y aura peut-être des photos, m'encouragé-je.

— On reconnaîtra certainement un visage concordant avec celui de l'un des deux hommes sur les photos trouvées dans ton enveloppe, surenchérit une Gina aussi enthousiaste qu'une puce tombée dans de la barbe à papa. Yahooou! On est à nouveau en train de vivre une grande aventure. C'est excitant de jouer les détectives, non?

— Ouais, bon, "grande aventure", cela reste à voir, enchaîné-je. Rappelle-toi que notre enquête me touche directement cette fois-ci. C'est un peu plus angoissant que d'habitude, je trouve.

— Ne t'en fais pas, me rassure Gino, nous sommes avec toi et nous ne te lâcherons pas. *Un pour tous, tous pour un[2]!* lance-t-il gentiment.

Il tend le dos de la main pour m'inviter à poser ma paume dessus. Je m'exécute et Gina vient mettre sa propre paume par-dessus le dos de ma main.

— *Tous pour un, un pour tous*, répète à l'envers ma copine.

Une vague de chaleur se répand dans mon cœur. L'appui et la complicité de mes amis me sont précieux. J'ai tellement de chance de les avoir!

Nous reprenons notre recherche. À trois paires d'yeux et trois cervelles pour sonder les profondeurs de l'Internet, nous découvrirons bien quelque chose. J'en suis persuadée. D'ailleurs, les résultats ne tardent pas à apparaître. Nouvelle déception toutefois: il s'avère qu'il existe des dizaines, voire des centaines d'Adam Pearson à travers le monde...

---

2. *Un pour tous, tous pour un* est la devise non seulement de la Suisse, mais surtout des trois mousquetaires, les personnages du roman du même nom d'Alexandre Dumas.

—C'est incroyable ! m'exclamé-je. Jamais je n'aurais cru qu'il puisse s'agir d'un nom aussi commun.

—Attends, regarde un peu ici. Il y a un acteur britannique qui s'appelle Adam Pearson ! s'échauffe ma copine. Ça ne peut être que lui ! Le père de mon amie se doit d'être super beau et celui-ci l'est, très certainement ! Un acteur, tu parles !

—Il ne s'agit sûrement pas de l'un des deux hommes dont nous avons vu la photo tout à l'heure, la reprend Gino, qui est déjà en train de lire la biographie du comédien en question. Cet Adam Pearson est célèbre pour son rôle dans le film *Under the Skin*. Il est écrit ici qu'il est né en 1984, ce qui lui donne près de dix ans de moins que ta mère. De plus, il souffre de neurofibromatose, "une maladie génétique rare qui lui déforme le visage", est-il écrit.

Gino tape une nouvelle recherche.

—Tiens, voici son portrait. Rien à voir avec la photo qui était dans l'enveloppe, malheureusement.

Gina et moi sursautons en voyant le visage monstrueusement déformé de l'acteur. Pauvre homme ! Égoïstement, je me surprends à prier silencieusement pour qu'il ne s'agisse pas de mon papa... Quand, déjà, une autre notice biographique attire mon attention. Vive Google !

—Là, on parle d'un Adam Pearson qui serait plutôt un footballeur britannique, né en 1964, m'enthousiasmé-je.

—C'est un peu vieux pour être l'un des deux hommes de la photo, réfute à nouveau Gino, rabat-joie.

—Regardez plutôt ici, intervient à son tour Gina. Il y a là un guitariste de rock qui s'appelle aussi Adam Pearson. Il joue avec les Sisters of Mercy, un groupe de rock gothique britannique des années 1980! Cooool!

—Yahou! Ça pourrait être lui, effectivement, approuvé-je, toujours pleine d'espoir.

—Hum, je ne veux pas vous contredire les filles, mais pour être cohérent, je crois qu'il faut plutôt chercher un Adam Pearson qui soit un journaliste américain né à la fin des années 1960 ou au début de 1970, nous rappelle Gino, pragmatique.

—Tu crois vraiment? l'interrogé-je, désappointée.

(Parce que j'aurais bien aimé un papa rocker, moi… Pas toi? ☺)

Gino me sourit gentiment avant de poursuivre:

—Absolument. Là! J'ai peut-être trouvé quelque chose. Regarde, Jules!

Aussi craintive que curieuse, j'examine la publication pointée du doigt par mon ami. Il s'agit d'un article issu de la version en ligne du *San Francisco Daily Journal*.

—En cliquant sur le nom du journaliste, tu devrais voir apparaître la liste de ce qu'il a publié dans ce journal. Vas-y! Il y aura peut-être une photo et une notice biographique.

Le doigt tremblant, je fais ce que me suggère Gino, priant secrètement pour ne pas découvrir le visage de l'un des deux hommes aperçus sur les photos de l'enveloppe. Tout va trop vite à mon goût tout d'un coup. Et puis, ces grands titres d'articles étaient horribles, non? Je ne suis pas certaine d'être aussi prête à savoir la vérité que je veux bien le laisser croire…

Hélas (ou heureusement!), aucune photo n'illustre la section consacrée à la biographie du journaliste. On y lit seulement qu'Adam Pearson est né en 1971 et qu'il voyage à travers le monde, au péril de sa vie, pour informer ses lecteurs de ce qui se passe sur la planète, en particulier dans les zones de guerre ou de conflits. Rien que nous ne sachions déjà, après avoir jeté un œil à ses articles tout à l'heure.

—Nous voilà revenus à notre point de départ, soupire mon chum. Je suis désolé, Jules…

—Il n'y a pas de quoi. Je parlerai à ma mère ce soir et je vous ferai un compte rendu demain.

Je me sens abattue tout à coup.

— On fait autre chose? suggéré-je. J'ai envie de me changer les idées.

— Pas question de laisser tomber cette enquête que nous avons commencée, avertit Gina, même si nous pouvons continuer une autre fois.

Silencieuse, je me surprends pourtant à accueillir l'idée d'abandonner. Mon ambivalence ne m'étonne pas. J'ai l'habitude de souvent changer d'idée, d'après maman. Quoi qu'il en soit, il est l'heure de prendre une pause. On verra plus tard.

19 H

Nous passons le reste de la soirée à jouer à *Grand Theft Auto V*, pour Xbox. Je suis championne à ce jeu! Les décors sont trop *hot*. Je crois que ça se passe justement quelque part en Californie. Tu connais? J'aimerais bien aller là-bas. Du moins, je crois.

Je dois l'avouer, je ne cesse de penser à cette enveloppe cachée sous mon oreiller. La vérité, c'est qu'il me tarde maintenant d'en examiner à nouveau le contenu. Je le ferai plus tard, ce soir... (Quoi? Que dis-tu? Oh, tu as raison! Je viens encore de changer d'idée. Je ne sais plus où j'en suis, semble-t-il. Ne me dis pas que ça ne t'arrive jamais...)

Mes amis ont le manteau sur le dos et s'apprêtent à partir au moment où maman fait son entrée.

—À demain, mon amie. Profite de ce que tu es seule avec ta mère pour lui poser des questions, me chuchote Gina à l'oreille, en m'embrassant.

—À demain, me salue Gino en m'embrassant à son tour. Au revoir, madame Bérubé !

—Merci pour les macaronis, madame Bérubé ! crie Gina depuis le trottoir.

—Au revoir, les enfants. Soyez prudents, répond maman en refermant la porte.

Bon ! Nous voilà seules toutes les deux. Je tremble un peu. Voici venue l'heure de la vérité !

21 H 01

—M'man-an ?

—Oui, ma pitchounette ?

—Je ne suis plus un bébé, tu es d'accord ?

—Bien sûr, ma choupi…

—M'man !

—Désolée, bien sûr, ma grande !

—Cela implique que tu peux dorénavant me dire certaines choses, non ?

Elle réfléchit un moment avant de répondre.

—Si on veut. Cela dépend du genre de chose, mais si tu veux que je t'explique comment on fait les bébés, je...

—M'MAN! 😳 Je sais très bien comment sont conçus les bébés! On en a parlé mille et une fois, souviens-toi! Il s'agit d'autre chose.

—Ah, bon! Que veux-tu savoir alors?

—Il s'agit de mon...

Driiiing!

La sonnerie du téléphone! C'est pas vrai! Ma mère se lève et se précipite en direction de son bureau. Apparemment, elle n'a jamais entendu parler de l'utilité de notre messagerie vocale. Grrr... Sauvée par la cloche? Et mes questions? 😊

—M'man!!! Ça ne peut pas attendre?

—Excuse-moi, ma chouette! me crie-t-elle de loin, c'est un appel interurbain d'après la sonnerie. Va te brosser les dents et prépare-toi à te mettre au lit. On parlera une autre fois, d'accord?

21 H 30

Confortablement installée dans mon lit et frustrée comme un chien à qui on aurait volé son os, je tends l'oreille. Ma mère est toujours au téléphone. Je ne sais pas à qui elle parle, mais elle paraît bouleversée. Je le devine parce qu'elle parle vite et fort. Trop vite, trop fort :

— Non, je ne peux pas, dit-elle. C'est au-dessus de mes forces. Oui, je sais, deux années entières se sont écoulées, seulement je ne vois pas ce que je peux faire de plus que ce que tu fais déjà là-bas. J'ai le cœur brisé et je ne saurai pas me rendre utile. Non, je ne joue pas les autruches. Ne sois pas si dure ! Oui, je veux bien y réfléchir, mais ne compte pas trop sur moi, je t'en prie. Et puis, prendre l'avion alors que l'année scolaire de Juliette vient à peine de commencer, je ne suis pas certaine que cela soit très sage. Quoi ? Que dis-tu ?

Qu'est-ce que c'est que cette histoire d'années écoulées et de cœur brisé ? Je suis plus qu'étonnée d'entendre maman donner mes obligations scolaires comme excuse pour ne pas se rendre là où on l'invite, parce que, d'habitude, elle n'hésite pas à sauter dans le premier avion, année scolaire ou pas. M'aurait-elle caché une amourette ? Décidément, je ne reconnais plus ma mère. Je suis tiraillée entre le désir de tendre l'oreille et celui de profiter du fait qu'elle est occupée ailleurs pour rouvrir l'enveloppe mise sous mon oreiller. En attendant, ça continue :

— Que je vienne la semaine prochaine ou l'été prochain ne change pas grand-chose dans les circonstances, alors ça ne vaut pas la peine de nous presser, tu vois. Ah bon, vraiment ? Vous allez vous marier ? Bla-bla-bla. Bla-bla. Bla-bla-bla-bla-bla-bla.

21 H 35

Bon, bon, j'en ai assez entendu et j'ai mieux à faire. Je sors une mini lampe de poche du tiroir de ma table de nuit avant de dégager le butin enfoui sous mon oreiller, pour ensuite plonger la tête sous les couvertures. Ainsi à l'abri, je peux examiner le contenu de l'enveloppe sans que la lumière attire l'attention de maman qui se débat toujours au téléphone. Voilà. Même s'il fait chaud et que l'air est rare, je suis tranquille. Scrutant à la lumière ténue de ma lampe le visage des deux candidats potentiels au titre de « papa », j'essaie de trouver un quelconque signe révélateur. Peine perdue. J'ai beau mesurer mentalement la taille de leurs oreilles, examiner la forme de leurs sourcils et les contours de leurs nez, aucune illumination miraculeuse ne se trace un chemin jusqu'à mon esprit. (Soupir.)

Les articles de journaux n'ayant rien révélé de bien passionnant, il reste les menus de restaurants. Il y en a cinq. Mes amis et moi n'avons pas eu le temps de les examiner comme il l'aurait fallu tout à l'heure. Voyons voir de plus près. Je braque la lumière sur le premier. Il s'agit d'un endroit appelé Caffè Trieste. Un resto italien, apparemment. À l'arrière du menu, je découvre un petit message écrit à la main : « *I will always love you !* » Oh là là ! « Je t'aimerai toujours ! » Et il n'y a pas de signature... Pas moyen de savoir, donc, si l'auteur de ces mots est le même que celui des articles. Cependant, mon infaillible instinct de détective en herbe me souffle que non seulement cette phrase s'adresse à ma mère, mais qu'il y a indéniablement une possibilité pour que son auteur soit mon géniteur. En tout cas, cela expliquerait que maman ait conservé ce bout de papier pendant toutes ces années... (Es-tu d'accord avec moi ?)

La couverture du deuxième menu est ornée d'un dessin représentant un poisson, manifestement de sexe féminin puisqu'il porte des faux cils, du mascara, du rouge à lèvres et un collier de perle. Lol ! Sa tenue est complétée d'un tablier aux couleurs du drapeau britannique. L'endroit s'appelle The Codmother Fish & Chips. Ça a l'air *chill* comme endroit. Encore une fois, il y a un mot, assurément écrit de la main d'une femme cette fois : « *Come back to see us soon. Kisses & hugs.* Suzanne XOXO »

Hum... Bizarre ! Je me demande qui est cette Suzanne et à qui s'adresse cette invitation chaleureuse, exactement.

La troisième pièce à conviction est un dépliant annonçant une fabrique de biscuits, la Golden Gate Fortune Cookie Factory. À voir les signes indéchiffrables sur la couverture et à l'intérieur, il s'agirait d'une biscuiterie... chinoise. Je ne savais même pas que ça pouvait exister ! Encore une fois, il y a un petit mot écrit à la main à l'intérieur : « *I cannot live without you.* » « Je ne peux pas vivre sans toi. » L'écriture est la même que celle du premier mot.

Le quatrième menu est marqué de l'en-tête Muir Woods Trading Company. En le feuilletant, je découvre qu'il s'agit d'une sandwicherie sur les lieux de Muir Woods et je repère la phrase suivante : « *Would you marry me ?* » Ataboy ! Je n'en reviens pas. Cet homme a demandé ma mère en mariage ! Et elle aurait refusé ? C'est malade ! Enfin, ça signifie surtout que je suis passée à deux doigts de naître dans une famille unie avec un papa et une maman, comme tout le monde. C'est TROP injuste !

Le cinquième menu porte des mots d'excuse : « *I'm so sorry... Please, forgive me !* » Je me demande bien pourquoi... Il s'agit d'un restaurant dont les huîtres semblent être la spécialité, puisque ça s'appelle Ferry Building Hog Island Oyster Co. (Beurk ! J'aime pas les huîtres ! Du moins, je ne crois pas. L'homme s'excuse peut-être d'avoir emmené ma mère là-bas... lol !)

Ainsi, maman aurait vécu une grande histoire d'amour à San Francisco, il y a des années de cela ! Cet homme-là est certainement mon père... Enfin, peut-être ben qu'oui, peut-être ben qu'non. Tout s'embrouille dans ma tête. Je ne peux pas croire qu'elle m'ait caché tant de choses pendant toutes ces années ! Je dois en apprendre davantage. Je veux en savoir plus. Je tends à nouveau l'oreille. Apparemment, elle se débat toujours au téléphone :

— D'accord, je viens. Oui, tu as ma parole, mais c'est pour toi que je le fais, ce n'est ni pour lui ni pour moi. J'ai déjà bien assez souffert à cause de cette histoire et je n'aime pas trop l'idée de partager cela avec Juliette. Oui, je sais. Elle a treize ans, pas trois. C'est ça, on se voit la semaine prochaine. Je t'embrasse moi aussi. À bientôt, Donna.

Cling !

Oups ! Elle a raccroché et j'entends déjà ses pas se diriger par ici ! Je n'ai que le temps d'éteindre en vitesse ma lampe de poche.

— Julieeette ? chuchote maman en ouvrant discrètement la porte de ma chambre. Tu dors ?

Sortant la tête de sous les couvertures, je découvre son visage pâle.

— Voyons, que fais-tu sous tes couvertures, ma chouette ?

— Ben, j'essayais juste de dormir. Tu criais presque au téléphone...

— Oh ! Je suis vraiment désolée. Qu'as-tu entendu au juste ?

— Euh, pas grand-chose, mens-je.

— Je sais que tu voulais me parler de quelque chose ce soir, mais je viens d'avoir des nouvelles d'une cousine et il m'a fallu discuter de certaines choses avec elle. Elle et son mari vont se marier.

— Hein ?

— Euh, je veux dire, enfin, ils sont ensemble depuis seize ans, sans être encore mariés, alors ils vont le faire et ils nous invitent à assister à la cérémonie. Toutes les deux.

Sa voix se brise, comme si elle venait de m'annoncer une mauvaise nouvelle. Elle est trop bizarre ce soir! Sans rire, ses yeux brillent, j'ai l'impression qu'elle refoule des larmes. Je ne me rappelle pas l'avoir déjà vue dans cet état. Que peut-il bien se passer exactement? Je donnerais cher pour savoir ce qu'elle a voulu dire par: «J'ai déjà bien assez souffert à cause de cette histoire et je n'aime pas l'idée d'y entraîner Juliette.» En tout cas, ce n'est certainement pas ce soir que je pourrai lui parler de ce qui me tracasse.

—Je peux te parler, là?

—Pas maintenant. Je suis préoccupée par autre chose. Je vais devoir me rendre au bureau des passeports pour les renouveler d'urgence. Ils sont expirés et le mariage a lieu dans dix jours.

—En plein mois d'octobre? Le mariage d'une cousine éloignée? De nouveaux passeports d'urgence? Qu'est-ce que c'est que cette histoire? Pour aller où?

—À San Francisco, ma Juliette. C'est là qu'habite ma cousine Donna.

Ahurie, j'écarquille les yeux. Hein? Quelle incroyable coïncidence!

—Quoi? Tu ne m'as jamais dit que nous avons de la famille là-bas.

(Moi qui souffre tant de grandir dans une famille minuscule. Pourquoi m'avoir caché une chose pareille? ☹)

57

— Il s'agit d'une cousine du côté de mon père. Mon oncle Edmond était médecin et ils ont déménagé lorsque j'ai terminé le secondaire, dans les années 1980, après le décès de ma tante Flora. Je n'ai pas vu Donna depuis des années.

Le visage de ma mère ne laisse entrevoir que de la tristesse. Drôle d'état d'esprit pour se rendre à un mariage. C'est pas normal ça... Je suis curieuse d'en savoir plus, d'autant que la nouvelle me fait l'effet d'une bombe. Je ne peux pas croire à ma chance tout à coup. Yé! Nous partons pour San Franciscooo! (C'est trop cool, non? Penses-y! J'aurai la chance de poursuivre mon enquête sur place et d'avancer au lieu de piétiner ici, à Québec.)

— Parlant de San Francisco, m'man, je voulais justement te demander...

— Plus tard, m'interrompt-elle. Ce soir, je suis fatiguée et puis j'ai tellement de choses à régler avant notre départ que je me sens débordée tout à coup. Nous discuterons lorsque je serai sortie du chaos, s'il te plaît.

Quand elle est comme ça, mieux vaut ne pas s'obstiner. Dépitée, je pose ma tête sur l'oreiller.

— D'accord. Bonne nuit, m'man.

— Bonne nuit, ma pitchounette rien qu'à moi.

Rien qu'à elle? Peut-être plus pour longtemps. La porte refermée, je replonge sous les couvertures pour remettre les pièces à conviction de mon enquête dans leur enveloppe. En la glissant sous mon oreiller, je me dis qu'il ne faudra pas oublier de la mettre dans mon sac demain, pour l'apporter à l'école et montrer à mes amis ce que j'ai découvert ce soir.

Vendredi 29 septembre

12 H

Attablée à la cafétéria de l'école avec Gino, Gina et Youssef, je sors de mon sac à dos la précieuse enveloppe.

— Quoi ? Tu as toujours ces papiers en ta possession ! s'écrie Gino, catastrophé. Si ta mère s'aperçoit de leur disparition, elle risque de découvrir assez facilement qui les a dérobés.

— Je n'ai pas pu me résoudre à les remettre en place tout de suite. Mon instinct me dit que c'est dans cette enveloppe que se trouve la clef du mystère concernant mon père.

— Nous en avons examiné le contenu hier et nous n'avons rien trouvé de significatif, rappelle Gina.

— De quoi s'agit-il ? demande Youssef, qui tombe des nues.

— Jules essaie de découvrir qui est son père, lui explique Gina.

— Tu as du nouveau à ce sujet? s'informe Youssef.

— En fait, elle pense qu'il vit peut-être à San Francisco, mais elle n'en est pas certaine, répond à ma place Gina-la-bavarde.

— Ben justement, il y a du nouveau à ce sujet, la coupé-je.

— C'est vrai? s'intéresse Gino.

— Ouais, la première chose, c'est que ma mère a reçu un coup de téléphone hier soir. Figurez-vous qu'une cousine sortie de je ne sais où insiste pour que maman et moi venions à San Francisco. Au début, ma mère ne voulait rien savoir, puis la mystérieuse cousine a fini par la convaincre. Il faut renouveler nos passeports qui sont expirés depuis peu et nous partirons aussitôt que ce sera fait!

— Oh! Tu vas encore partir? déplore Gino, la mine un peu dépitée.

— C'est malade! s'enthousiasme pour sa part Gina. Tu vas donc pouvoir terminer ton investigation sur place. Vous serez parties combien de temps?

— Quelques jours. Moins d'une semaine d'après maman.

— Okay, fait Gino. Ça ne te laisse pas beaucoup de temps pour mener à bien ton enquête. Au moins, avec le congé de l'Action de grâce qui s'en vient la semaine prochaine, tu ne manqueras presque pas d'école. Moins que d'habitude en tout cas.

— Tu as raison, acquiescé-je.

(Sinon, je prends du retard en maths et monsieur Pythagore me le fait payer. Grrr...)

— Tu sais quelque chose au sujet de cette cousine ? demande à son tour Youssef.

— Non, pas grand-chose, sinon qu'elle et ma mère ne se sont pas vues depuis des années. Et puis, j'ai entendu un bout de conversation qui m'a paru bizarre.

— Ah bon ! Qu'y avait-il de bizarre ? veut savoir Gina.

— Avant de raccrocher, maman a dit quelque chose comme : "J'ai déjà eu bien assez d'ennuis à cause de cette histoire, je n'aime pas trop l'idée d'emmener Juliette là-bas." Enfin, ce n'était pas exactement ces mots-là, mais c'était dans le même genre, tu vois ?

— Tu crois que ça pourrait être en lien avec l'enveloppe que nous avons trouvée hier ? demande mon amie.

— Je n'en sais trop rien. Avoue que la coïncidence est troublante.

—Et il y a autre chose, disais-tu? demande Gino, l'air perplexe.

—Il faut absolument que vous voyiez cela, m'animé-je en sortant les cinq menus de restaurants. Chacun de ces menus porte un petit message écrit à la main. Nous ne les avions pas examinés hier après-midi, j'ai donc pris le temps de le faire hier soir et voyez par vous-même!

Mes amis s'emparent avidement des pièces à conviction. À la vue du message ornant le menu de la Muir Woods Trading Company, Gina pousse un cri:

—Waouh! *"Would you marry me?"* C'est une demande en mariage ça!

—Exactement, réponds-je.

—Tout indique que ta mère a effectivement vécu il y a longtemps une histoire d'amour avec un des deux hommes que nous avons vus sur les photos hier, résume Gino.

—C'est ce que je crois, affirmé-je, fière de ma trouvaille.

—Et que celle-ci n'a pas abouti à grand-chose, ajoute Youssef, rabat-joie.

—À n'en pas douter, cet homme est certainement ton père! reprend Gina.

—Ça, ça reste quand même à voir, la contredit Gino. Il est hâtif de sauter aux conclusions en l'absence de preuves. Le père de Jules pourrait être n'importe qui, en vérité.

— Comment ça "n'importe qui" ? m'indigné-je.

— Sans vouloir te blesser, ma belle, ta mère est peut-être tombée amoureuse plus d'une fois dans sa vie. C'est ce que nous cherchons à découvrir. En attendant, il faut absolument faire des copies du contenu de ce paquet et le remettre à sa place avant que ta mère ne s'aperçoive de sa disparition. Tu as ton iPad avec toi ? Moi, j'ai laissé le mien à la maison.

— Bien sûr que je l'ai, fais-je en sortant la tablette de son sac.

— Photographions tous les documents. Il ne restera plus qu'à les imprimer lorsque le moment sera propice.

— Quelle bonne idée ! dis-je (éblouie par le sens pratique de mon chum ☺).

— Si tu pars pour San Francisco, et que tu as l'intention d'y faire des recherches, il te faut aussi un guide touristique et un plan de la ville, suggère Gina. Nous pourrions même tenter de repérer d'avance certains lieux à visiter. Il y a une librairie tout près d'ici. On y va tous ensemble après la classe si tu veux !

— D'accord ! réponds-je.

Avec une équipe pareille pour m'appuyer dans mes recherches, ma mère ne pourra plus garder son secret bien longtemps !

Une fois l'opération « photos » terminée, il est déjà l'heure de retourner en classe.

— On se retrouve à 15 h 10 à la sortie pour aller ensemble à la librairie, lancé-je à l'intention de Gino avant d'entrer avec Gina dans la classe de maths de monsieur Pythagore.

16 H 30

— Mais où étais-tu passée, Julieeettttte ? Il est terriblement taaarrrd, s'énerve ma mère lorsque je rentre à la maison.

— Euh...

Évidemment, il n'est pas question d'avouer que je suis en retard parce que je suis allée acheter un guide et une carte touristique de San Francisco ! Elle risquerait d'ouvrir mon sac et d'y découvrir son enveloppe.

— Ben, Gino m'a raccompagnée et nous avons flâné un peu en chemin. Il fait beau, alors nous avons préféré marcher plutôt que de prendre le bus.

— Flâner, tu dis ? À quoi as-tu pensé ? Ne t'ai-je pas dit ce matin qu'il fallait aller se faire photographier toutes les deux pour nos photos de passeport ?

— Tu ne m'as jamais parlé de ça.

— Mais si, voyons !

— Pas du tout.

— Oh, Julieeette ! Allez, dépêche-toi. Viens, je veux régler cela avant le souper.

Elle me bouscule jusqu'au-dehors. Grrr!!! Qu'est-ce qu'elle m'énerve quand elle s'énerve ! Et voilà qu'elle perd la mémoire en plus ! ☺

17 H 30

De retour de la pharmacie du coin, où nous nous sommes fait tirer le portrait, je profite de ce que maman prépare le souper pour inventer un prétexte me permettant d'aller dans son bureau.

— Je peux aller faire mes devoirs sur ton ordi, m'man ?

— Pour quoi faire ? Tu ne veux pas t'installer sur la table de la cuisine pendant que je prépare le souper, comme d'habitude ?

— Pas cette fois. J'ai une rédaction à faire en français et la prof exige que nous la fassions sur un ordinateur, mens-je.

— Tu as besoin d'aide ?

— Non merci, ça va aller. Ne te dérange pas.

L'enveloppe me brûle les doigts. J'ai hâte de la remettre en place, puis il me faut encore imprimer les images que j'ai photographiées. Mieux vaut me dépêcher avant que le souper ne soit prêt ! Si je devais me faire prendre sur le fait, je serais punie et privée de sortie pour au moins mille ans ! ☺

17 H 35

Une fois seule, je sors d'abord mon cartable de français, puis la fameuse enveloppe. L'oreille aux aguets, je mets la main sur la clef du classeur, à l'intérieur du sabot. Moins de trente secondes plus tard, les pièces à conviction ont repris leur place et la clef aussi. Ni vu ni connu. Ouf ! Reste à imprimer les photos. Il y en a plusieurs, alors je prie pour que l'imprimante ne fasse pas défaut. C'est toujours quand il ne faut pas que le papier reste coincé ! As-tu remarqué ? Au fur et à mesure que les copies sortent de la machine, je glisse les pages imprimées dans mon cartable. Vite ! Vite ! Vite !

17 H 45

Ma tâche achevée, je peux enfin respirer. Je n'ai pas vraiment envie de me mettre tout de suite à mon devoir de français. Je m'en occuperai tout à l'heure. Confortablement installée dans le fauteuil de maman, je ne résiste pas à l'envie de jeter un coup d'œil au guide touristique acheté avec mes amis. J'ai fait de folles dépenses aujourd'hui! Le prix de ce livre était si exorbitant que tout mon argent de poche y est passé. Il a fallu que Gino et Gina se cotisent et m'avancent les huit dollars nécessaires pour payer le plan de la ville. Malgré tout, ça en valait la peine. Ma mère estime que nous aurons nos passeports à temps pour partir mercredi prochain. Ça ne me laisse que quelques jours pour faire du repérage. Heureusement, j'adore feuilleter des guides de voyage. (Toi, tu aimes?)

San Francisco pour les nuls regorge d'informations intéressantes. J'apprends, par exemple, que la ville ne fait que 110 kilomètres carrés. Voilà qui est de bon augure pour mes recherches, me semble-t-il. Par contre, il paraît qu'il y a plus de 40 quartiers dans cette ville! Ayoye! J'ai du pain sur la planche si je veux en faire le tour! Les photos contenues dans ce livre sont absolument formidables. Ça a l'air vraiment cool San Francisco! En tout cas, le Golden Gate Bridge est super beau et...

— Julieeettttte, viens souper!

Déjà? Bon ben, je ferai ma rédaction de français une autre fois...

Mardi 3 octobre

15 H 30

Je suis avec Gino, Gina et Youssef dans l'une des salles d'études de la bibliothèque Gabrielle-Roy, tout près de chez moi. Le plan de la ville est déplié devant nous, à côté de mon guide de San Francisco. Ce dernier a tellement été parcouru, lu et annoté qu'il paraît vieux de plusieurs années. C'est que, depuis samedi dernier, nous nous sommes réunis ici presque tous les jours pour passer au crible le matériel et la documentation dont nous disposons, prendre des notes et échanger des idées. Une enquête, c'est du sérieux !

— C'est le grand départ demain, alors il faut que tu sois bien préparée, me conseille Gino. Révisons donc tous les détails de ton expédition.

— Oui, renchérit Youssef. Si tu ne veux pas être trop dépaysée, il faut que tu aies bien en tête ce qu'il y a à savoir. En passant, t'a-t-on dit que le vent est omniprésent à San Francisco ? Le climat y est changeant et il peut même parfois faire très froid, en particulier après le coucher du soleil ou le matin, lorsque le brouillard envahit la ville.

—Ah bon ! Et moi qui me demandais quel maillot de bain emporter, avoué-je, déçue.

—As-tu pu questionner ta mère finalement ? s'enquiert Gina.

—Ben non, justement. Chaque fois que j'essaie de lui parler, soit nous sommes dérangées par son nouveau chum qui arrive, soit le téléphone sonne ou encore, elle n'est pas d'humeur à discuter. C'est l'enfer à la maison depuis que sa cousine lui a demandé de venir. Je ne l'avais jamais vue dans un état pareil !

—C'est vraiment dommage, déplore Gino. Ça nous aurait aidés qu'elle collabore un peu, mais bon, puisque ce n'est pas le cas, tant pis. Il faudra te débrouiller.

Me jetant un regard mi-taquin mi-tendre, il poursuit :

—Tu as du pain sur la planche si tu souhaites réellement résoudre cette énigme ! Je ne suis pas certain que tu aies le temps de te prélasser sur la plage, quelle que soit la température. As-tu pu au moins apprendre où vous serez logées ?

—Maman a fini par me dire hier soir que sa cousine habite en face d'un parc nommé Alamo Square.

—C'est formidable! s'enthousiasme Gina. Si je me souviens bien, ce parc est bordé des plus belles maisons de San Francisco. Tu sais, les *painted ladies*? Laisse-moi te montrer.

Elle s'empare du livre et commence à le feuilleter.

—Les quoi? demande Youssef pour qui l'anglais est une langue encore bien difficile.

—On appelle ainsi les célèbres maisons en rangée de style victorien que nous avons vues dans le guide. Là, regarde, dit-elle pointant du doigt la photo de très jolies maisons en bois, peintes d'attrayantes couleurs pastel.

—Wow! On pourrait presque les prendre pour des maisons de poupées. J'aimerais bien découvrir que la cousine de maman habite la rose, fais-je.

—Pfff! Voilà bien une remarque de fille! laisse échapper mon chum. Cette information enregistrée, pouvons-nous revenir à notre plan de match?

Je hausse les épaules.

—Ben là, si je n'ai plus le droit de m'amuser...

—L'idée, c'est qu'il te faut, au départ de ce fameux parc, trouver le moyen de visiter un maximum d'endroits fréquentés par ta mère et son mystérieux amoureux, on est d'accord?

L'air sérieux de Gino me rappelle à l'ordre. Après tout, il ne cherche qu'à m'aider.

—Absolument, réponds-je. Et, si cela s'avère possible, je pourrai même montrer les copies des photos que j'ai en main, dans l'espoir que quelqu'un reconnaisse maman ou ses compagnons.

—Absolument, acquiesce mon ami.

—Je propose de marquer les différents endroits que tu devrais visiter, quartier par quartier, explique Youssef, en se penchant sur le plan de la ville, un marqueur au feutre fluorescent à la main. Ton point de départ, c'est-à-dire Alamo Square, se situe ici, dans le quartier Western Addition, près de Haight, qui est apparemment le quartier le plus cool de tout San Francisco. C'est là qu'habitaient les célébrités dans les années 1960 et 1970.

Je m'esclaffe:

—Les années 1960 et 1970 étaient cool? Vraiment? Ça remonte presque à la construction du Colisée de Rome, non?

Gino, qui est celui d'entre nous qui s'intéresse le plus à l'histoire et à la musique, répond à la place de Youssef:

—Sache que Janis Joplin et Jimi Hendrix ont habité dans ce quartier.

Je hausse les épaules d'indifférence.

—Je ne les connais pas.

(Tu les connais, toi?)

La langue sortie comme si cela lui permettait de mieux se concentrer, le chum de Gina trace un premier «X» à peu près au milieu de notre plan de la ville, là où se trouve le quartier où je suis censée habiter. Ce «X» représente la maison de la cousine de ma mère. Youssef veut devenir navigateur un jour et il est absolument imbattable avec une carte entre les mains. Son aide m'est donc aussi précieuse que celle de Gino et Gina. J'ai tellement de chance de les avoir tous! Mon cœur se gonfle soudain de gratitude pour chacun d'entre eux.

—À partir de là, voyons voir quelles sont les adresses des restos dont nous avons les menus, reprend Gino.

—Débutons par le Caffè Trieste, propose Gina, qui tient toujours le guide touristique. Selon ce qui est écrit ici, il est situé dans un quartier appelé North Beach, à la pointe nord-est de la ville.

—Le quartier est juste là, précise Youssef en pointant le coin supérieur droit du plan. Peux-tu me donner l'adresse?

—Le 601 Valejo Street, lui spécifie Gina.

—Voilà! J'ai trouvé à peu près l'endroit!

Le garçon fait une croix à l'intersection où devrait se trouver le café, puis il relie les deux « X » avec une ligne pointillée.

—Il s'agit du plus vieux café de la ville, révèle Gino, qui lit par-dessus l'épaule de Gina. Ça doit être très chic. J'espère qu'on te laissera entrer…

Il se tourne vers moi, l'air moqueur.

—Ben quoi ? demandé-je, vaguement vexée.

—Je blague, évidemment.

—Il paraît que ce resto est surtout fréquenté par des écrivains, des poètes et des artistes de toutes sortes, ajoute ma *best*, un brin d'envie dans la voix. C'est trop génial ! Il faut ABSOLUMENT qu'on te laisse entrer !

Je souris. Sacrée Gina ! Son rêve, c'est d'avoir un jour la chance de fréquenter des célébrités. Elle veut devenir chanteuse et je suis certaine qu'elle y arrivera !

Copies des menus en main, Gino poursuit :

—Voyons voir maintenant où est le quartier chinois et la Golden Gate Fortune Cookie Factory. Youssef, tu vois où ça peut être ?

—Absolument ! C'est juste là.

Le garçon ajoute une croix sur la carte.

—Wow ! Tu es tellement doué, roucoule Gina à l'intention de notre ami. (Elle est amoureuse pas à peu près ma *BFF* ! ☺)

Nous continuons ainsi jusqu'à 16 h 45, moment où je rassemble mes affaires et enlace mes amis avec émotion. Maman m'attend à 17 h et je dois finir de boucler mes bagages. J'ai la tête pleine d'images, de noms de lieux et d'adresses. La carte annotée par Youssef ressemble dorénavant à une véritable toile d'araignée et j'ai l'impression d'être fin prête. Enfin, si on veut... Il me faut encore choisir les vêtements que je porterai et penser à un endroit sûr où cacher les photocopies que j'emporte avec moi.

Je suis aussi excitée que si j'allais participer à une chasse au trésor, même si l'angoisse me serre le cœur, je dois l'avouer! Et si ce voyage devait changer ma vie à tout jamais? *OMG!* L'enjeu est plus important cette fois que lors de tous mes autres voyages! Le courage va-t-il me manquer?

—Je vais trop m'ennuyer de vous, mes amis!

—Prends bien soin de toi, ne te découvre pas trop et contacte-moi tous les jours, m'exhorte gentiment Gino.

—Je n'y manquerai pas!

—Apporte ton iPad partout où tu iras et prends des photos de tout ce que tu verras, ordonne Gina. Je veux avoir l'impression d'y être avec toi.

—Je le ferai, promis!

—N'hésite pas à me demander de l'aide si tu te perds ou si tu as besoin de quoi que ce soit, recommande Youssef.

—C'est si gentil à toi. J'accepte avec plaisir.

—Bon voyage! s'écrient en chœur mes amis alors que je les quitte à la sortie de la bibliothèque, le cœur tremblant.

Mercredi 4 octobre

11 H 30

Nous roulons sur l'autoroute de l'aéroport au centre-ville de San Francisco. Lunettes de soleil sur le nez, j'admire le paysage californien et je prends des photos tandis que ma mère et sa cousine placotent comme si elles avaient treize ans, bientôt quatorze.

La première chose à savoir sur la Californie, c'est qu'il s'agit d'une longue bande de terre longeant l'océan Pacifique, sur la côte Ouest des États-Unis. Aller vers l'ouest signifie qu'il y aura un décalage horaire à reculons. Au lieu d'avancer en heures, comme c'était le cas lorsque je suis allée en Europe, on recule. Drôle, non ? Après huit heures et vingt minutes de voyage, maman et moi avons atterri à l'aéroport international de San Francisco à 10 h 20 du matin, même si nous avons quitté la maison à 5 h, exactement. Nous avons remonté le temps et gagné trois heures. Malade!

Parlant de remonter le temps, ma mère est encore plus bizarre depuis notre arrivée ici. Fini la femme mûre de quarante ans, la voilà qui retombe apparemment en adolescence. Ça a commencé lorsqu'elle s'est littéralement jetée sur sa cousine Donna, venue nous chercher à l'aéroport. On aurait dit Gina et moi tellement elles étaient folles de joie de se retrouver toutes les deux!

— Hiiii! Te voilà enfin! s'est écriée ma mère en enlaçant sa cousine.

— Tu n'as pas changé du tooouuut, a gentiment menti Donna en lui rendant son accolade.

— Tu parles, toi non plus! a renchéri maman. Ton look est fan-tas-ti-que!

— C'est fou ce que j'aime tes leggings et ton chandail, a relancé l'autre. Tu es toujours aussi menue. Tu fais comment? Je voudrais trop avoir ta taille!

— Je fais du yoga, a répondu ma mère.

— Bonne idée. Tu vas avoir besoin de rester zen pour ce qui s'en vient.

Puis, me regardant bizarrement, les deux se sont mises à pleurer dans les bras l'une de l'autre. Il n'y avait rien à comprendre, alors j'ai haussé les épaules. Pires que des ados, je te dis! 😊

Avant de te raconter ce qui se passe, il me faut revenir un peu en arrière. J'étais en train d'oublier de te mentionner des détails SUPER importants.

Lorsque maman et moi sommes entrées dans la section de l'aéroport où les gens viennent chercher leurs proches, une fois passée la douane américaine, j'ai reconnu de loin la cousine de maman! Comment j'ai fait pour savoir qu'il s'agissait d'elle? Deux indices de taille: le premier, c'est que la dame en question gesticulait avec enthousiasme dans notre direction, puis le second, et non le moindre, c'est qu'il m'a sauté aux yeux qu'elle était la jeune femme de la photo prise devant le Golden Gate Bridge. Elle avait un peu vieilli, certes, mais ses cheveux étaient nattés comme sur la photo tandis que son jeans et son blazer sport mettaient en valeur la même silhouette élancée et athlétique que j'avais remarquée. C'est malade, non? Je l'ai tout de suite trouvée sympa.

La voiture de Donna est en fait une fourgonnette. Tu sais, une Westfalia de Volkswagen, tout droit sortie des années 1980. La carrosserie est éclaboussée d'énormes fleurs multicolores peintes à la main. Je te jure! C'est délirant! Je n'en avais jamais vu de pareille et la perspective de me balader là-dedans toute la semaine me fait trop plaisir. ☺

—Alors, Juliette, quel effet cela te fait-il d'être à San Francisco? a demandé la cousine en m'ouvrant la portière arrière.

—Euh! Ça semble super!

—En tout cas, il y a quelqu'un à la maison qui meurt d'impatience de te rencontrer.

—Ah bon!

J'étais bouche bée! De qui pouvait-il bien s'agir d'après toi? Tout à coup, mon cœur s'est mis à battre à cent à l'heure, mes mains ont commencé à trembler et mon cerveau s'est emballé. Parlait-elle de «tu sais qui»? ☺ Malheureusement non. Je dois te le dire. ☹

—Mon fils, Vincent. Il ne tient plus en place depuis que je lui ai annoncé votre visite. Alors je lui ai permis de manquer l'école cet après-midi.

Grrr! J'espère que le garnement a plus de sept ans et que je ne serai pas obligée de le garder toute la semaine. ☺

12 H 20

Nous voilà donc sur Steiner Street. Je repère tout de suite les *painted ladies*, en face du parc Alamo Square. J'aurais bien aimé prolonger le tour dans le super bolide de Donna, mais je suis quand même pressée de faire le rapport de mes premières découvertes à mes *BFFs*. (T'en fais pas, je garde bien en tête que j'ai une mission à mener à terme!) Pourvu que mon « petit cousin » ne soit pas trop pot de colle!

Comme je l'avais espéré, Donna se gare devant la plus jolie des maisons, c'est-à-dire celle peinte en rose. Youpi! Voilà qui est de bon augure! C'est un signe, j'en suis sûre. Ma ceinture détachée, je m'apprête à sauter hors du véhicule lorsque la porte s'ouvre sur un grand ado. Hum! Il est pas mal, pensé-je en mettant le pied sur le trottoir, et il a l'air un peu plus âgé que moi. Se pourrait-il que la chance me poursuive?

— Juliette, voici Vincent, me le présente Donna. Il a deux ans de plus que toi, c'est-à-dire quinze ans, bientôt seize et il se fera un plaisir de te faire visiter la ville si le cœur t'en dit. Tu nous donnes un coup de main, chéri? poursuit-elle à l'intention du garçon.

— Salut, Juliette, m'accueille le garçon en me tendant la main.

— Euh! S'lut, fais-je en secouant la main tendue.

— Al est-il aussi à la maison? demande ma mère avec un air qui me semble bizarre.

—Non, il a dû partir en reportage, mais il a promis d'être de retour à temps pour notre mariage, a répondu en riant sa cousine. Ne t'en fais pas, tu le verras bientôt! Il devrait être là dans un jour ou deux.

Al??? ☺

Vivement que je sorte mon iPad de mon sac à dos et que je trouve une connexion wifi. Je dois absolument parler à Gino ou Gina. Ça presse!

12 H 40

Gino n'est pas là, mais Gina, si.

Moi (surexcitée): Donna est non seulement la cousine de ma mère, mais aussi l'inconnue sur les photos que nous avons trouvées. Je l'ai reconnue sans peine!

Gina (épatée): Sans blague?

Moi: Absolument! Et ce n'est pas tout. Le futur mari de Donna est reporter! Elle a dit à maman que "Al" avait dû "partir en reportage". Cet Al est très certainement l'Adam Pearson des articles, tu ne penses pas?

Gina (perplexe): Al n'est pas du tout le diminutif de Adam.

Moi: Pourquoi pas? Qu'en sais-tu?

Gina : Tu es sûre qu'elle a dit Al et non pas Adam ou Ed ?

Moi (ambivalente) : Oui, certaine ! Quoique... Bon, maintenant que tu poses la question, il se peut aussi que j'aie mal compris... Enfin, je ne sais plus ! Tu crois que le futur mari de Donna est l'ex-amoureux de ma mère ? Ça pourrait expliquer pourquoi l'autre soir, à la maison, j'ai entendu ma mère dire à Donna au téléphone, après avoir accepté son invitation : "... mais c'est pour toi que je le fais. Ce n'est ni pour lui ni pour moi..."

Gina (réaliste) : Je suis loin de vraiment m'y connaître, mais on a déjà vu des hommes tomber amoureux de la meilleure amie de leur copine, ça c'est sûr.

Moi (scandalisée) : ARK-QUE ! C'est trop glauque ! Ça voudrait dire que je suis ici pour assister au mariage de mon père avec la cousine de ma mère ?

Gina : Gardons la tête froide, rien ne prouve encore hors de tout doute raisonnable que la cousine de ta mère soit sur le point de se marier avec son ex-amoureux. Rien ne prouve non plus que l'ex de ta mère soit ton père.

Moi (légèrement confuse): Euh! Je ne suis pas certaine d'avoir bien suivi.

Gina (apparemment sûre de son point de vue): Il y a des milliers d'hommes à San Francisco, je te signale! Et il y a pas mal de journalistes aussi.

Moi (vindicative): Mais on sait que ma mère a vécu une grande histoire d'amour avec un reporter et que le père de Vincent ET futur mari de Donna, est justement reporter. Ça commence à faire pas mal de coïncidences. Tu ne crois pas?

Gina (cherchant à changer de sujet): Ouais, si on veut. Tu m'embrouilles à ton tour. Et ton cousin, il est comment?

Moi: Tu veux dire mon petit-cousin? Il a l'air correct. Je n'ai pas eu le temps de jaser avec lui. Quand il m'a accompagnée jusqu'à ma chambre, je me suis contentée de lui demander le mot de passe de la connexion wifi de la maison.

Gina (passionnée): Je voudrais tant être avec toi! Je sens que tu vas vivre de grandes émotions très bientôt. Tu vas certainement découvrir ce que tu cherches. Je suis confiante!

Moi (moins enthousiaste): Si mon père se marie avec ma grande-cousine plutôt qu'avec ma mère, je me demande bien ce que je viens faire dans ce méli-mélo. Je commence même à douter qu'il y ait quelque chose de pertinent concernant mes origines dans cette fameuse enveloppe.

Gina: Ne perds pas espoir. Je sens que tu vas bientôt mettre le doigt sur quelque chose. Il te faut d'abord en apprendre plus sur le futur mari de ta grande-cousine. Cuisine ton petit-cousin. Al n'est peut-être pas son père à lui non plus.

Moi (ahurie): Hein?

Gina (convaincante): Ben quoi? Les familles recomposées, ça existe! S'il y en a un qui peut devenir ton allié sur place, c'est bien ce Vincent.

Moi (sceptique): À condition que mon petit-cousin ne soit pas également mon propre frère!

Gina: Demi.

Moi: Quoi?

Gina (regardant le ciel): Il ne peut pas être ton frère, vous n'avez pas la même mère. Ce serait alors ton demi-frère, banane!

Moi: Oh! Laisse tomber, veux-tu.

Gina (autoritaire): Tu as raison! Assez de spéculations! C'est le moment de te mettre au travail. Un détective doit vérifier ses hypothèses de manière rigoureuse. Reviens-moi dès que tu as du nouveau. D'accord ?

Moi (résignée) : D'accord.

—Mais qu'est-ce que tu fais, Julieeetttte ? entends-je ma mère crier. On t'attend !

—J'arrrrive !

12 H 50

—Tu as faim ? s'enquiert Donna lorsque j'entre dans la cuisine où elle, maman et mon... (enfin, le garçon làààà, Vincent) sont en train de discuter.

—Un peu...

La vérité, c'est que je suis absolument affamée ! J'espère qu'ils savent cuisiner les spaghettis en Californie !

—Vincent propose de t'emmener en pique-nique dans le parc. Ça te tente ? poursuit Donna. Je vous ai préparé un panier rempli de bonnes choses à manger.

—Euh... d'accord.

Me donne-t-on vraiment le choix ? De toute façon, j'entends d'ici la voix de Gina qui me recommande de « cuisiner » mon petit-cousin. 😄 Voilà l'occasion !

Depuis Alamo Park, la vue sur San Francisco est absolument époustouflante, en particulier à cause du contraste entre le rang de maisons victoriennes, devant nous, et les gratte-ciel en arrière-plan. Seule avec Vincent, je tâche de respirer par le nez en admirant le paysage. Çà et là, des jeunes un peu plus âgés se détendent en bavardant. L'atmosphère est très cool. Gina a raison, je suis

près du but et ce garçon est potentiellement mon meilleur allié. Entre deux bouchées du plus délicieux sandwich au jambon qu'il m'ait été donné de déguster, je me lance :

— Tu n'as pas d'école aujourd'hui ?

— Si, j'en avais ce matin, sauf que maman m'a permis de prendre congé *this afternoon* pour pouvoir t'accueillir, puisqu'elle et ton mère doivent sortir cet après-midi et que papa n'est pas là.

— Hum, *chill* !

Bon, mine de rien, je viens d'apprendre que le fameux Al est effectivement le père de Vincent. Sans trop comprendre ce qui m'arrive, je constate que mon cœur bat plus vite. Si je veux tenir le coup, il vaut sans doute mieux collecter les informations à petites doses. Je me détourne pour me concentrer sur le paysage.

— Tu en as de la chance de vivre dans ce quartier. C'est magnifique ici !

— C'est pas mal, oui.

Je me retourne pour examiner plus attentivement mon compagnon. Mince et athlétique comme sa mère, il me dépasse d'au moins une tête et a vraiment un beau style. Ses cheveux brun foncé sont longs sur ses épaules et son regard est très doux. Il porte un jeans Levis et une chemise à carreaux sous un blazer en velours côtelé. Donna a dit qu'il avait quinze ans, bientôt seize. Il en paraît pourtant presque dix-sept en raison de sa taille. Même Gino n'est pas si grand.

—J'aimerais te proposer de t'emmener faire une tour en ville, si la cœur t'en dit. Nos mères sont d'accord. Ça te plairait de voir Chinatown ? demande-t-il. C'est un quartier typique de San Francisco.

Il accompagne sa proposition du plus désarmant des sourires, dévoilant une dentition absolument parfaite. Il a dit « une » tour en ville et « la » cœur. Son français est plus hésitant que celui de sa mère – il mélange le masculin et le féminin –, ce qui se comprend puisqu'il est né ici. Demi-frère, petit-cousin ou ami américain, je ne peux m'empêcher de le trouver sympa finalement, ce Vincent.

—J'en meurs d'envie !

Se levant d'un bond, il me tend gentiment la main.

—Alors viens, ma cousine. Ne tardons pas si nous voulons rentrer avant le nuit. Il peut faire très froid en fin de journée à San Francisco. Rapportons le panier et le couverture à la maison et allons prendre le bus.

—Appelle-moi Jules. C'est le surnom qu'utilisent mes amis, lui indiqué-je, en souriant.

—Et toi, tu peux m'appeler Vad.

Je hausse un sourcil.

—Pourquoi Vad? Ce n'est pas vraiment le diminutif habituel de Vincent, il me semble.

—Pour Vincent-Angel-David. Mes parents m'ont donné trois prénoms – une prénom francophone, une prénom italien et une prénom anglophone – pour souligner la triple ascendance de notre famille. C'est chose courante ici.

—Ooooh!

(Moi, je n'ai qu'«une» seul prénom et il a fallu qu'il se termine en «ette», comme dans bobette, débarbouillette, trompette et merdouillette! 😬)

14 H

Après un court trajet en bus dans les rues animées de la ville, nous descendons à Union Square, tout près de l'intersection de Bush Street et Grant Avenue, où se trouve la Dragon Gate, c'est-à-dire l'immense portail donnant accès au quartier chinois. Waouh! Me voilà en plein cœur de l'un des sites visités par ma mère il y a de cela des années, avec celui qui est peut-être mon père... Je dois me pincer pour être certaine de ne pas rêver. Tout ça me semble irréel et je n'ai pas assez d'yeux pour tout admirer. Émerveillée, je découvre avec joie les façades multicolores des maisons et des commerces. Ici, tout est différent du quartier où nous étions tout à l'heure. La foule dense qui se presse sur les trottoirs ne laisse aucun doute sur l'origine des habitants du voisinage. Je t'assure, on se croirait réellement en Chine ! Toute la rue Grant, la rue principale, est décorée de lanternes chinoises rouges. Il y en a des centaines ! Quant aux lampadaires, ils sont coiffés de têtes de dragons. C'est trop joliii !

—Chinatown est une petite ville dans la ville, souligne mon compagnon, une sorte d'enclave, si tu veux. Il y a ici une vingtaine de rues et une quarantaine de ruelles historiques. Une vrai labyrinthe ! Des tas de gens nés dans ce quartier ne parlent même pas anglais.

—Incroyable ! Comment se fait-il qu'ils aient choisi de vivre ici alors ?

—D'après ce que je sais, les premiers immigrants chinois sont arrivés au moment de le ruée vers l'or.

—On dit "la".

—Hein ?

—"La" ruée vers l'or, dis-je en riant.

—Oh, vraiment ? demande-t-il, en haussant les sourcils avec perplexité. C'est difficile la français.

—Oui. Mais, dis-moi, c'est quoi exactement cette ruée vers l'or ?

—Autour de 1849, des dizaines de milliers de personnes sont venues ici pour chercher de l'or, après qu'on en a trouvé dans certaines rivières. La plupart sont venues par bateau, d'autres à bord de chariots tirés par des chevaux. Parmi eux, il y avait beaucoup de Chinois. Ils espéraient faire fortune puis rentrer chez eux les poches pleines. Ça ne s'est pas nécessairement bien passé et beaucoup sont finalement restés ici. Ils vivent en communauté très soudée.

—De l'or, vraiment? Y en a-t-il encore? demandé-je, les yeux agrandis par la curiosité.

Il rit à son tour.

—S'il en reste, c'est en très petite quantité. Il y a un musée, à deux rues d'ici. Si tu veux en savoir plus, on peut y faire un tour, rapidement.

—Oh! Euh, d'accord.

D'habitude, je déteste les musées, mais cette histoire de mines d'or m'a intriguée...

14 H 30

Le Chinese Historical Society of America Museum de Clay Street occupe un immeuble d'apparence bien ordinaire. Une fois à l'intérieur par contre, c'est tout un monde qui s'ouvre à moi. Abasourdie, j'y découvre que San Francisco n'était qu'un minuscule camp de pionniers avant 1849. Les premiers colons habitaient des tentes plantées littéralement là où se trouve aujourd'hui Grant Avenue. Comme dans certains films de cowboys dont l'histoire se passe au Far West ! Puis, les premières pépites d'or trouvées, des milliers de gens sont venus dans l'espoir de faire fortune. Ils affluaient par navires entiers, toutes les semaines, abandonnant même leurs embarcations dans la baie. Il paraît qu'une grande partie des bâtiments s'élevant aujourd'hui dans le port ont été construits directement par-dessus les épaves délaissées. Malade, non ? D'après le panneau d'interprétation que je suis en train de lire, la population de San Francisco serait passée à cette époque, en l'espace de vingt ans à peine, de 300 âmes à près de 150 000 habitants. Ça me paraît incroyable !

Rapidement, il y a eu des tentes à perte de vue. Un phénomène unique dans l'histoire de l'Amérique ! Évidemment, il a fallu offrir des services à tout ce monde. Les loger. Les nourrir. Les prix sont rapidement devenus exorbitants. Beaucoup de nouveaux arrivants venus d'Orient se convertissaient en commerçants. C'est ainsi que seraient nés les premiers « mets chinois » en Occident. Mais après une pénible traversée des océans, la vie quotidienne de la plupart des immigrés était loin d'être facile. La concurrence était féroce et l'or, pas si facile à trouver. Les Chinois effectuaient souvent les travaux les plus durs pour les salaires les plus maigres. Je suis émue aux larmes devant certaines photos. La ruée vers l'or terminée, cette main-d'œuvre bon marché fut principalement employée à la construction du chemin de fer transcontinental.

— Avant ce jour, j'ignorais totalement que tant d'ouvriers avaient payé de leur vie pour nous permettre de voyager en train à travers le continent! Je n'en reviens pas de ce que j'apprends cet après-midi!

Je fais une pause puis je dis:

— Hum, moi, les émotions, ça me creuse l'estomac…

— Tu as faim? Nous n'avons pas pris de dessert, c'est vrai. Tu as envie de goûter une *fortune cookie*? s'informe Vad, qui continue de mélanger le féminin et le masculin.

— Euh! c'est quoi au juste? fais-je, méfiante.

— Ce sont des biscuits chinois. On raconte qu'ils peuvent prédire l'avenir et ils ont été inventés ici, à San Francisco. Viens, mon cousine!

Je ris en hochant la tête.

— D'accord, acquiescé-je.

Je ne suis pas du genre à refuser de goûter une nouvelle variété de pâtisserie! Gentiment, mon compagnon me prend par la main pour m'entraîner au-dehors. Ça me fait tout drôle qu'il m'appelle « cousine ». Il ne soupçonne pas que nous sommes peut-être plus proches parents encore...

15 H 15

Quelques rues plus loin, une fois en face de l'entrée de la Golden Gate Fortune Cookie Factory, j'écarquille les yeux de surprise. De toute évidence, me voilà devant l'établissement apparaissant sur le dépliant publicitaire sur lequel le mystérieux amoureux de ma mère a écrit: «*I cannot live without you...* »

—C'est mon père qui m'a emmené ici le première fois, fait la voix de Vad, lointaine à mes oreilles. J'adore cet endroit!

— ...

—Ça va, Jules? Tu es toute pâle, remarque-t-il. Je me secoue.

—Euh, ça va bien, oui. C'est juste... qu'il me semble avoir déjà vu cette enseigne quelque part.

—Ah bon!

Je suis sonnée. Quel coup de chance que de tomber sur cette biscuiterie sans même l'avoir planifié! Soudain le but de la mission que je me suis donnée revient en force à mon esprit : démasquer le mystérieux correspondant de ma mère !

— On entre ? demandé-je.

— On est là pour cela, répond mon compagnon en souriant.

La petite usine, qui est située dans ce qui est, d'après Vad, la plus vieille ruelle de Chinatown, entre Grant Avenue et Stockton, est minuscule, mais ça sent rudement bon là-dedans ! Parole de Jules ! On y fabrique à la main les biscuits que l'on sert dans tous les restaurants chinois de la ville. Habillées de kimonos, trois ouvrières s'affairent à étendre sur une plaque chauffante des rondelles de pâte à biscuit d'environ quatre pouces de diamètre, un plateau de biscuits en équilibre sur les genoux. Le mélange ressemble un peu à de la pâte à crêpes. Avec des mouvements rapides, les ouvrières rattrapent chaque disque de pâte encore chaud, y insèrent un petit bout de papier portant un message ou une prédiction, et replient le biscuit qui durcit instantanément. Il y a deux saveurs : vanille ou chocolat. Maintenant que je suis là, je reconnais les biscuits pour en avoir mangé dans le Chinatown de New York. (Tu y as peut-être déjà goûté aussi ?)

Vad et moi ne nous faisons pas prier pour croquer dans les biscuits encore chauds que l'on nous propose à l'issue de la visite. Miam! C'est délicieux! Oups! C'est quoi ce truc sur ma langue? Confuse, je réalise que, dans ma gloutonnerie, j'ai bien failli avaler le message contenu dans mon biscuit. Rougissante, je sors le papier de ma bouche avec précaution. Je viens de faire une vraie folle de moi. ☺

— Que dit ton message? demande Vad qui ne semble pas s'être rendu compte de ma gaffe.

— *"You have almost reached your goal[1]."*, lis-je. Je suis bouche bée!

— Et le tien?

— Le mien dit: *"He/She cannot live without you anymore[2]."*

Il sourit.

— Nous voilà inséparables, conclut-il.

Quant à moi, j'ai l'impression que je viens de recevoir un coup sur la tête. (Tu crois aux messages prémonitoires, toi?)

15 H 45

— Tu es fatiguée ou tu veux voir autre chose? s'enquiert Vad, lorsque nous nous retrouvons à

---

1. Vous êtes près du but.
2. Il / Elle ne peut vivre sans toi.

nouveau sur le trottoir. Après tout ce chemin parcouru en avion ce matin, le journée doit te paraître longue.

— Euh! Ben, pas trop. Peut-être bien que j'aimerais continuer à visiter. Toi, tu as envie de faire quoi? demandé-je, conciliante.

En vérité, je suis en train de songer que plus je passe de temps avec Vad, plus j'ai la possibilité de collecter de l'information. J'aurai toujours le temps de dormir lorsque je serai rentrée à Québec.

— Tu veux faire un tour en *cable car?* À quelques rues d'ici, sur Mason Street, il y a le Cable Car Museum. Nous pourrions y acheter des billets puis attraper une voiture de la ligne 60 jusqu'au terminus de Powell-Hyde, près de Fisherman's Wharf, dans le port. Ça te dit? Tu verras, le première fois, c'est formidable!

— Ça, ça me ferait plaisir! m'enthousiasmé-je.

Lorsque Gino, Gina, Youssef et moi préparions mon voyage, en début de semaine, nous avons lu sur Internet que ces espèces de tramways en bois datant de la fin du XIXe siècle sont l'une des principales attractions touristiques de San Francisco, alors je ne voudrais rater cette balade pour rien au monde. De plus, si je ne m'abuse, le restaurant Codmother Fish & Chips, celui dont le menu contenait un message rédigé par une certaine Suzanne, doit se trouver dans le quartier que vient de nommer Vad : Fishmanwoof ou quelque chose d'approchant. (Ils ont de ces noms à coucher dehors pour désigner les endroits, ces Californiens ! ☺)

— Je vais téléphoner à ma mère pour lui demander si elle pourra venir nous chercher au terminus, avant que le soleil ne décline et qu'il ne se mette à faire froid.

— Bonne idée ! approuvé-je.

16 H

Le guide que j'ai acheté dit de San Francisco qu'elle est la ville aux cinquante collines. Il est vrai qu'elle est toute en peeentes ! Pour aller d'un endroit à l'autre, il faut monter, descendre, remonter, redescendre, et ainsi de suite. De véritables montagnes russes ! Jamais je n'aurais cru qu'il était possible d'aménager des rues dans de telles conditions. En tout cas, mieux vaut avoir de bonnes jambes. Ouf, je manque d'entraînement alors j'ai chaaauuud ! Heureusement, le musée du *cable car* était effectivement tout près.

— Il paraît que les filles de San Francisco ont les plus jolis mollets au monde, m'apprend mon compagnon (qui feint de ne pas remarquer que je souffle comme un phoque faisant de l'asthme et que je dégouline de sueur), tu sais pourquoi ?

— Laisse-moi deviner… C'est à cause de l'exercice qu'elles font en montant et descendant toutes ces côtes, non ?

— On ne peut rien te cacher, s'esclaffe-t-il. Allez, on est arrivés.

Il ouvre galamment la porte du musée pour me laisser passer.

Je lève les yeux au ciel.

— Pfff, enfin ! 😖

16 H 20

Encore une fois, il s'agit d'un micromusée, ce qui le rend très agréable à visiter (j'ai horreur des musées si grands que les visites y sont interminables). Sur place, je peux admirer les premières voitures ayant transporté les San Franciscains au début de l'histoire du *cable car*, en 1873. Toutes en bois peint, elles sont absolument magnifiques et ressemblent presque à de grands carrosses. J'apprends aussi que les voitures tramway d'aujourd'hui n'utilisent toujours ni essence ni électricité pour se mouvoir, puisqu'elles sont encore tirées dans les rues par des câbles disposés au milieu des rails. Un peu comme les cabines d'un téléphérique. Pour permettre aux voitures de grimper ou de descendre les collines, ces câbles d'environ un pouce de diamètre s'enroulent ou se déroulent autour d'immenses bobines visibles au sous-sol de l'immeuble où nous nous trouvons, et elles sont activées par un puissant moteur central. C'est super impressionnant à voir, seulement, pour l'heure, j'ai surtout hâte de monter en voiture pour de vrai. Nos billets achetés, je me précipite à l'extérieur pour guetter le prochain wagon à venir dans notre direction. J'ai l'impression d'attendre pour monter dans un manège, genre à La Ronde, mais pour faire une promenade en ville plutôt que dans les airs.

16 H 35

Ça y est, je suis à bord, debout sur le marche-pied! ☺ Yahooouuu! Ce qui fait la particularité des *cable cars*, c'est qu'ils sont ouverts aux extrémités. On a donc l'impression qu'on va tomber dans la rue si la voiture venait à freiner trop brusquement. Oh, bien sûr, il y a des poteaux et des lanières de cuir auxquels s'agripper s'il n'y a pas de sièges vacants. Alors une fois montés à bord, Vincent et moi décidons de rester debout de notre plein gré, juste pour le *thrill*. La voiture repartie, le vent s'engouffre dans mes cheveux. C'est grisant! Je me sens comme une vraie de vraie San Franciscaine. ☺

Debout également, mais au milieu du wagon, il y a le chauffeur qui actionne manuellement le long levier en fer permettant de ralentir l'engin lorsque la pente devient vraiment abrupte. C'est une sorte de frein à main et ça semble de toute façon être l'unique façon de s'arrêter. Lorsque nous croisons un autre *car* venant en sens inverse, on passe tellement proche que j'ai l'impression de pouvoir toucher du bout des doigts les passagers de l'autre voiture. Malade! Je trippe, et en même temps, je serre si fort mes doigts autour du poteau le plus proche que mes jointures blanchissent.

— *Don't be stressed, sweetie. Everything is going to be okay*[3], murmure mon compagnon à mon oreille.

Je me demande pourquoi il utilise l'anglais pour me rassurer? Ça doit lui venir de son père. C'est avec lui qu'il doit avoir l'habitude de se déplacer en *cable car*. Du coup, j'ai envie d'en savoir plus sur lui. Sur eux deux...

—————

3. Ne sois pas effrayée, ma douce. Tout ira bien.

—Dis-moi, Vad, comment se fait-il que tu parles si bien français?

—Mes parents m'ont envoyé dans une école française lorsque j'étais petit. Ma mère y tenait beaucoup puisqu'elle est née au Québec. En fait, ma mère me parle français lorsque nous sommes seuls tous les deux.

—Il y a des écoles françaises ici? m'étonné-je.

Il hoche la tête.

—Quelques-unes. J'ai étudié à le French American International School, sur Oak Street, non loin d'ici.

—Et ton père, il est né où?

—Mon père est né ici, à San Francisco, de parents italiens. Ça explique pourquoi j'ai été élevé dans trois langues.

—Trois langues? Waouh! Et ton père, il s'appelle comment exactement? insisté-je innocemment.

—Il s'appelle Alessandro Pietangelo, mais tout le monde l'appelle Alex ou Al.

Je sursaute.

—Comme le joueur de hockey qui joue pour les Blues de Saint Louis?

Il rit.

—Non, celui-là, c'est Alexander Pietrangelo. Il y a une "r" entre la "t" et la "a".

—Oh! Tu t'appelles donc Vincent Pietangelo?

Il éclate de rire.

— On ne peut rien te cacher.

Adam Pearson n'est donc pas le père de Vad... Ouf ! Soulagée, mais le souffle coupé par l'émotion, je n'arrive plus à me concentrer suffisamment pour trouver d'autres questions à poser. Fermant les yeux, je laisse les derniers rayons du soleil de San Francisco me caresser doucement le visage avant que le froid ne tombe sur la cité.

— Ouvre les yeux, Jules, tu vas manquer le plus joli !

— Qu'est-ce que c'est ? demandé-je en relevant les paupières. Oooh !

Alors que le *cable car* continue de grimper de colline en colline, une vue incroyable de la baie de San Francisco se déploie sous nos yeux, avec l'eau d'un bleu profond qui scintille à l'horizon.

— C'est l'océan, juste là ?

— Le Pacifique, oui. Nous sommes dans Nob Hill, le plus haute colline du centre-ville. Les maisons que tu vois tout autour appartiennent aux gens les plus fortunés de San Francisco.

— C'est trop beau !

Je n'ai pas assez d'yeux pour tout voir, et je suis éblouie par ce qui m'entoure. Le clou de la balade, c'est lorsque nous arrivons à la colline suivante, Russian Hill. Les mots me manquent !

—Bienvenue dans Lombard Street! annonce Vad, l'air fier de celui qui me réservait une surprise. C'est la rue la plus tortueuse et la plus photographiée du monde.

—C'est malade, oui!

(Tu ne vas pas me croire! Sans exagérer, les courbes de cette rue sont si prononcées qu'elle forme un huit! On dirait les lacets de mes Converse qui s'entrecroisent. Je te jure! Je n'exagère même pas!) 😂

—Tiens-toi bien, on redescend!

—Yahooouuu-ooouuu!

17 H

Le soleil se cache derrière les bâtiments du port lorsque nous descendons de voiture à Fisherman's Wharf, dans le port de San Francisco. Brrr! Je frissonne. La température a baissé brusquement, me semble-t-il, d'autant plus que le vent s'est levé. Youssef avait raison...

—Tu as froid, cousine?

—Un peu.

Ma veste en jeans, qui me paraissait plus que suffisante au début de l'après-midi, est bien mince tout à coup. Je n'ose pas me plaindre parce que j'aimerais bien flâner encore un moment par ici. Le Codmother Fish & Chips ne doit pas être loin d'ici. Regardant autour de moi, je tâte le terrain :

— Vad, tu sais où se trouve un resto appelé The Codmother Fish & Chips ?

Il lève un sourcil, l'air surpris.

— C'est un *food truck* stationné normalement tout près d'ici. Je n'y suis allé qu'une fois, tout jeune, mais je sais où c'est. Mon père connaît la propriétaire. Comment en as-tu entendu parler ?

— J'ai lu une critique sur Internet et ça semblait *chill* comme endroit. J'aurais bien aimé y faire un tour. C'est dans quelle direction ? On a le temps de passer devant avant l'arrivée de ta mère ?

— Il faut aller par là-bas, m'indique-t-il avec un vague geste de la main. Je ne crois pas qu'on ait le temps aujourd'hui, malheureusement, mais je t'y emmènerai une autre fois cette semaine, si tu veux.

Il me sourit gentiment. Il est vraiment cool. Un instant, j'ai un brin de remords à l'idée de le mener en bateau. Puisque Adam Pearson n'est pas son père, je pourrais peut-être mettre Vad dans la confidence et lui expliquer que je mène une enquête... (Hum ! Tu en penses quoi ?) Bon ben, on verra cela plus tard, parce que je viens d'apercevoir maman et Donna, en grande conversation dans le stationnement du terminus, le dos appuyé à la Westfalia.

—Regarde qui est là! remarque Vad à son tour.

—On dirait qu'elles ne nous voient pas, remarqué-je.

Alors que mon compagnon et moi continuons d'approcher, des bribes de dialogue parviennent jusqu'à nos oreilles.

—Pourquoi ne lui dis-tu pas la vérité, le plus simplement possible? demande Donna.

—Je ne sais pas. Il s'est écoulé tellement de temps depuis cet été-là. On dirait que j'ai peur.

—Peur de quoi, ma petite maman?

Celle-ci sursaute comme si on venait de lui asséner un coup dans le dos et semble incapable d'articuler le moindre mot, tellement elle est surprise.

—Oh! s'écrie Donna, vous voilà! Ça a été? As-tu aimé ta visite, Juliette?

—C'était super! réponds-je, laconique. Vous parliez de quoi?

—Ta mère m'expliquait pourquoi elle ne saute plus en parachute, réplique la cousine.

—Tu sais sauter en parachute, m'man? m'étonné-je.

— J'ai fait cela il y a fort longtemps, répond-elle péniblement en évitant de me regarder dans les yeux.

Elle me cache quelque chose, c'est indéniable, mais je me demande pourquoi. De quoi pouvaient-elles bien être en train de parler toutes les deux ? De quelle vérité cachée s'agissait-il ? Mystère…

18 H

De retour chez Donna et Vad, je profite de ce que ma mère s'affaire dans la cuisine avec sa cousine pour m'éclipser dans la petite chambre d'amis où on m'a installée, au sous-sol. Maman a sa propre chambre à l'étage. Cool, non ?

Mon iPad en main, je ne peux plus attendre pour voir si Gina et Gino sont au bout de l'ordi. Il est déjà 21 h au Québec, mais c'est le long congé de l'Action de grâce chez nous ce week-end et, comme d'habitude, les profs sont en journées pédagogiques deux jours avant. Mes amis n'ont donc pas de classe demain et, par conséquent, ne devraient pas déjà être au lit. Voyons voir… Je suis fébrile !

Yééé ! Ils sont tous les deux chez Gino en train de jouer à des jeux vidéo ! Je suis trop heureuse de leur voir la figure sur FaceTime ! J'ai tellement de choses à raconter que les phrases se bousculent dans ma bouche et que je finis par emmêler tous les éléments. Bon, je dois prendre une grande respiration et y aller plus doucement. C'est ce que me demande Gino en tout cas...

Gino (toujours pragmatique): Récapitulons, veux-tu, ma belle? Je ne t'ai pas bien comprise.

Gina (excitée): C'est bien beau tout ça, mais as-tu croisé des stars de cinéma pendant cette promenade avec Vincent? Vous avez visité des magasins? Qu'as-tu vu?

Moi (taquine): Ses amis l'appellent Vad, Gina. Et il est lui-même aussi sublimement beau qu'un acteur de cinéma, je te jure! C'est juste dommage qu'on soit cousins...

Gino (les sourcils froncés, un calepin et un crayon à la main): Soyons sérieux, les filles, je propose de prendre des notes. Si on veut faire progresser cette enquête, il nous faut de la méthode.

Moi: Je blaguais, bien sûr. Que veux-tu écrire, Gino?

Gino: Tous les faits que tu as pu recueillir et vérifier jusqu'à présent. Tout noter est essentiel à une enquête bien menée, que l'on soit détective amateur ou expérimenté.

Moi (enfin sérieuse) : Tu as raison. Alors, tout d'abord, j'ai découvert que la jeune femme de la photo est hors de tout doute Donna, la cousine de maman.

Gino (tout en continuant de noter avec application) : Ensuite, que son futur mari, le père de Vincent, est reporter, c'est cela ?

Gina : Oui, et que son nom est Alex Pietrangelo.

Moi : Alessandro Pietangelo, plutôt. Al pour les intimes. Ce qui veut dire qu'il ne s'agit pas du tout de l'auteur des articles que nous avons trouvés dans l'enveloppe.

Gina (qui veut avoir le dernier mot) : Et que celui-ci n'est donc pas ton père.

Moi (mi-soulagée, mi-déçue) : Et que Vad ne peut par conséquent pas être mon frère.

Gina (rectifiant) : Ton DEMI-frère.

Gino : Attendez, les filles ! Vous allez un peu vite là, je pense.

Gina : Comment ça ?

Gino (un pli soucieux lui barrant toujours le front) : On n'a toujours rien d'assez concret pour exclure quoi que ce soit pour le moment.

Moi (hochant la tête négativement) : De toute façon, Vad est né deux ans avant moi. Ça exclut la possibilité que ma mère ait eu une aventure avec son père.

Gina (sceptique) : Le père de ton petit-cousin aurait pu tromper la cousine de ta mère avec cette dernière après la naissance de Vad, je te signale.

Moi (sursautant) : Hein ? T'es malade ? C'est dégoûtant comme hypothèse ! Ma mère n'aurait jamais pu se laisser entraîner dans une histoire pareille.

Gino : Gina n'a pas obligatoirement tort, Jules. Avoir des aventures extraconjugales est une chose qui arrive même si ce n'est pas banal et que ce serait surprenant dans le cas qui nous occupe. Il y a autre chose qui semble venir appuyer son hypothèse, vois-tu.

Moi (grimaçante) : Tu penses à quoi ?

Gino : Alex Pietangelo et Adam Pearson. Il n'y a rien qui te frappe dans ces deux noms.

Gina (se frappant le front) : Je sais ! Les deux portent les mêmes initiales !

Gino : Bravo, Gina.

Moi (perplexe) : Et puis ?

Gino : Malheureusement, on ne peut écarter totalement l'hypothèse qu'Adam Pearson soit un pseudonyme. J'ai entendu dire que certains journalistes ont recours à ce stratagème pour assurer leur sécurité.

Moi (découragée) : Retour à la case départ. J'entends ma mère m'appeler pour souper. Je vais devoir y aller. Tu proposes quoi pour la suite ?

Gino : Je suggère que tu essaies à nouveau de questionner ta mère. On se reparle demain ?

Moi (soudain très fatiguée) : D'accord. À demain, les amis !

Gina : À demain, Jules. Ne lâche pas.

Gino : Je suis avec toi, ma belle ! Tout va finir par s'éclaircir, je te le promets.

Je ne sais pas exactement pourquoi, mais ces jours-ci, il me semble que je sors de ces conversations avec mes amis encore plus mêlée qu'avant d'y entrer... ☹

Jeudi 5 octobre

10 H

La journée d'hier a été si riche en émotions que je n'ai pas ouvert les yeux avant 9 h 30 ce matin. Question enquête, je suis au point mort. Après ma conversation avec mes *BFFs*, je voulais cuisiner maman au sujet de mon père, sauf que je n'ai pas réussi à être seule avec elle la moindre minute.

Après le souper, nous sommes sortis tous les quatre faire un tour à pied, dans Haight-Ashbury, le quartier où est né le mouvement hippie. J'aurais voulu que mes amis puissent voir les vitrines délirantes de certains commerces et les immenses fresques ornant les murs aveugles des immeubles. Dans la rue Haight, les friperies côtoient les disquaires, les boutiques de designers et les restaurants indiens. Plusieurs des fresques peintes sont en fait des portraits de vedettes de la musique. Parmi eux, maman m'a pointé du doigt Jimi

Hendrix et Janis Joplin, dont m'a parlé Gino la veille de mon départ. Hum!

— Ils sont pas mal échevelés, ai-je remarqué. C'était la mode à cette époque?

— Tout à fait! Adolescentes, Donna et moi, nous avions à peu près la même coiffure, a répondu maman en riant.

J'ai bien du mal à imaginer que ma mère a déjà été ado. (Et toi? Tes parents, tu les as vus en photo à cette époque? C'est trop bizarre!)

Il était plus de minuit lorsque je me suis mise au lit. Ce matin, je n'ai pas les yeux en face des trous tellement j'ai sommeil. Je me demande ce que la journée me réserve. Lorsque, affamée, j'entre dans la cuisine, j'y trouve ma mère en train d'avaler un toast en solitaire, l'air sombre.

— Où sont passés les autres?

— Vincent et Donna ont déjà quitté la maison, répond maman.

— Pour aller où?

— À l'école, pour ce qui est de Vincent, et à l'hôpital pour Donna.

— Elle est malade? m'inquiété-je.

— Non, me rassure maman, en ébauchant un pâle sourire. Elle est médecin. Elle y travaille. Je ne te l'avais pas dit?

— Ben non.

(On ne me dit jamais rien à moi!)

— On fait quoi alors aujourd'hui? demandé-je en m'installant pour avaler un bol de céréales.

— J'ai pensé qu'on pourrait visiter la ville toutes les deux. Voir le musée de la compagnie Levi Strauss, ça te ferait plaisir?

— Ah non, pas un musée! Et puis, maman, je dois te parler de quelque chose.

— Pas ce matin, Juliette. Je ne suis pas d'humeur.

— Grrr! Tu n'es jamais d'humeur depuis une semaine. Tu dois m'écouter, c'est important.

— Le musée Levi's est en fait le siège social de la compagnie de jeans, me coupe-t-elle. Il y a aussi là-bas une boutique gigantesque et l'édifice est situé tout près d'un formidable marché public qui te plaira sûrement. J'ai pensé qu'on pourrait magasiner un peu.

— Ben voyons, c'est vrai? Il fallait me le dire avant! ☺

12 H

Après une courte balade en bus, maman et moi descendons tout près du port de San Francisco, à Levi's Plaza, devant le 1155 Battery Street.

117

— Tu verras, cet endroit est fascinant, m'annonce-t-elle en tirant la porte d'entrée du gigantesque édifice. Je suis venue ici il y a des années. J'avais été très impressionnée à l'époque.

— Par des jeans? ☺

Les yeux écarquillés, je dois admettre que je suis vite épatée moi aussi. Le petit musée du rez-de-chaussée est tout à fait génial, je l'avoue! Tu savais, toi, que le pantalon le plus populaire de la planète est né ici, à San Francisco? Ben oui, c'est écrit noir sur blanc sur les panneaux d'interprétation. Maman traduit pour moi: «Dans les années 1850, un commerçant juif originaire de Bavière, qui s'appelait Levi Strauss, s'est installé à San Francisco pour proposer aux chercheurs d'or un solide pantalon fabriqué dans de la toile de tente en provenance de France. Le pantalon en toile "de Nîmes[1]" est devenu le jeans en "denim" que nous connaissons aujourd'hui.» La salle propose un tour d'horizon des différents modèles fabriqués par la compagnie, de ses origines à nos jours. Le modèle que porte tout le temps Gino, le 501, est en fait le premier modèle de jeans com-

---

1. Nîmes est la ville du sud-est de la France où l'on fabriquait la fameuse toile de tente utilisée à l'origine par Levi Strauss pour fabriquer ses pantalons.

mercialisé au monde. Trop cool, non ? Quand je vais raconter ça en classe, ils n'en croiront pas leurs oreilles tellement je suis savante ! ☺

Il y a beaucoup de photos anciennes très intéressantes et de la machinerie d'époque. Surtout, exposés dans des vitrines, il y a des jeans vieux de plus de cent ans. Tu imagines ? Malade ! De véritables pantalons portés par des chercheurs d'or, morts il y a longtemps. Ils sont usés, quoique pas trop. Plus résistants que les hommes qui les ont portés ! C'est émouvant. Du coup, je me dis que si la famille de mon père est originaire de San Francisco, mon propre arrière-arrière-grand-père a peut-être porté un de ces jeans pour chercher de l'or. Wow ! ☺

— On va manger quelque chose ? propose tout à coup maman. J'ai faim. Pas toi ?

Celle-là, elle a indéniablement le don de changer l'atmosphère du tout au tout.

— On n'avait pas parlé de magasiner avant ? rétorqué-je.

— C'est vrai, oui. Tu veux un nouveau jeans ? Je crois que je vais aussi en acheter un pour moi, sauf qu'il faut rester raisonnable ! Je ne roule pas sur l'or… C'est d'accord ?

— Promis, m'man.

Après avoir mis le magasin complètement sens dessus dessous, nous sortons de l'édifice Levi's les bras chargés de paquets. Sans blague, nous nous sommes gâtées ! Maman et moi avons acheté chacune un jeans de coupe *boyfriend* et un autre avec le mollet évasé en forme de trompette. « Dans le plus pur style des années 1970 », a rigolé ma mère. Et ce n'est pas tout, nous avons aussi choisi deux t-shirts chacune, plus une chemise en denim pour maman et une autre à carreaux pour moi. Ouf ! Il faut maintenant porter tout ça le reste de l'après-midi, c'est le désavantage. Bien sûr, il y a pire comme ennui, avoue ! Surtout que c'était pour une bonne cause. Si, à Rome, on s'habille comme les Romains, il n'y a pas de raison qu'à San Francisco, on ne s'habille pas comme les San Franciscains ! (Qu'en penses-tu ?) Et puis, ça faisait plaisir à ma mère. ☺

— On va manger, m'man ? Je crois qu'il va nous falloir du carburant si on veut avoir la force de ramener tout ça chez ta cousine Donna !

— Il y a le Ferry Building tout près d'ici. Tu sais, le marché dont je t'ai parlé ce matin ? Ça t'irait ?

Ferry Building ? J'essaie de cacher mon enthousiasme. C'est sûrement là qu'est situé le Ferry

Building Hog Island Oyster Co., un autre des restos dont j'ai trouvé le menu dans l'enveloppe de maman.

—Je suis d'accord, pourvu que ce ne soit pas trop loin. Tu crois qu'il y aura des spaghettis?

—C'est tout près d'ici et il y aura encore mieux que des spaghettis.

Je hausse les épaules. (Encore mieux? Ça reste à voir. Tu es d'accord avec moi? ☺)

—Si tu le dis!

14 H 15

Ferry Building Market Place est une ancienne gare transformée en immense marché public. L'édifice est orné d'un clocher portant une horloge à chaque face. C'est très joli! Or, ce qui fait la particularité des lieux, c'est que c'est à cet endroit que se postent la majorité des camions et stands de restauration de la ville. Miam! J'aime bien la bouffe de rue! Et puis, surtout, j'adore goûter de nouvelles choses. Mais certainement pas les huîtres en tout cas. Reste à espérer que ma mère ne me forcera pas à en manger. ☺ Tiens, il y a un stand à tacos là-bas. ☺

(Bon, je t'entends d'ici penser que je suis gourmande et que mon estomac passe avant mon enquête. Oh que non, détrompe-toi!) J'ouvre grand les yeux en espérant apercevoir le Hog Island Oyster Co. Ah, le voilà justement! Le restaurant, situé à l'intérieur du bâtiment, offre une terrasse à l'extérieur avec de jolis parasols. Maman aussi l'a vu.

— Tu veux aller là, m'man? fais-je en pointant l'enseigne du doigt.

Elle tressaille comme si une abeille venait de la piquer, et son regard s'assombrit.

— Certainement pas.

— Je croyais que tu aimais les huîtres?

— Non! Enfin, oui, seulement je n'ai pas envie d'aller dans ce restaurant.

— Tu y es déjà allée?

Elle me regarde bizarrement.

— Une fois, oui, et je n'en ai pas gardé un très bon souvenir. Tu as envie de quoi, toi?

— J'ai tellement faim que j'ai envie de tout! On jette un coup d'œil aux menus des différents camions avant de se décider?

— D'accord.

(Tu m'as vu aller?) Mine de rien, je viens de me faire confirmer non seulement que maman est déjà venue manger au Hog Island Oyster Co., mais que c'est un souvenir pénible. Ça colle parfaitement avec le message d'excuse que j'ai lu sur le menu qui était dans l'enveloppe: «*I'm so sorry...*

Please forgive me! » Pauvre maman. Je me demande bien ce qu'il avait à se faire pardonner ce A.P. Parole de Jules, je finirai bien par le découvrir !

14 H 30

Parcourir les étals me donne trop l'eau à la bouche. Je n'ai rien mangé depuis mille ans et il y a tellement de choses alléchantes que je ne sais plus où regarder : des tacos de poisson, de la pizza aux fruits de mer, des burgers de sanglier, des *dumplings* farcis au canard, des sandwichs végétaliens, de la pizza aux légumes bios, des pâtes *margherita*, des *grilled cheese* au fromage de chèvre, et j'en passe. Maman, qui ne fait jamais rien comme les autres, ne tarde pas à se décider pour une assiette d'huîtres tout ce qu'il y a de plus crues, c'est-à-dire encore vivantes, accompagnée d'un cornet de patates douces frites.

— ARK-QUE ! Je ne sais pas comment tu peux manger des huîtres crues sans vomir !

— C'est pourtant délicieux, je t'assure, se défend-elle. Et puis, tu n'y as jamais goûté, alors…

J'aime goûter de nouvelles choses (je te l'ai dit), mais il ne faut quand même pas exagérer. ☺

— Je vais plutôt prendre des pâtes *margherita*, me décidé-je.

123

Ce sont des pâtes à la sauce tomate et *alla mozzarella*. Tout ce qu'il y a de plus parfait pour moi ! ☺

15 H

Transportant paquets et plats à emporter, nous avons choisi d'aller pique-niquer sous les palmiers, au milieu des perroquets sauvages, des cyclistes et des skaters de Justin Hermann Plaza, une grande place située de l'autre côté du bâtiment. C'est trop cool ici, je te jure ! Oui, oui, il y a vraiment des perroquets en liberté, verts avec la tête cagoulée de rouge, qui volent au-dessus de nos têtes ! Maman m'apprend qu'ils sont apparus à San Francisco il y a plus ou moins trente ans et qu'ils sont originaires du Pérou ou de l'Équateur. Enfin, elle croit qu'il est plus probable que les premiers d'entre eux aient été importés depuis là-bas et qu'ils ont dû s'échapper de l'endroit où ils étaient gardés pour se multiplier dans la cité. C'est fou ce qu'ils font du bruit, il donnent l'impression d'être des centaines. *Cuuute !* De véritables petites canailles ! Ils piaillent en pagaille et donnent l'impression de se disputer continuellement. J'ai bien essayé de les approcher, mais ça semble impossible. Dommage ! ☹

D'humeur sombre ce matin, maman paraît maintenant tout à fait revigorée. Le pouvoir du magasinage ou des huîtres? (À ton avis?) Mes spaghettis avalés, je décide de sauter sur l'occasion pour en revenir à mes moutons. Après tout, je suis ici pour mener une enquête, pas vrai? Admire ma technique. Je lève vers ma mère mon regard le plus vulnérable et innocent, et j'attaque:

— Dis, m'man-an?

— Oui, pitchounette?

(Je sais, elle m'a appelée «pitchounette» comme si j'étais encore son bébé. Bon, je décide de laisser passer. C'est justement le moment de jouer sur cette corde sensible… et de donner un grand coup! Je sais parfaitement comment m'y prendre pour enjôler maman et obtenir d'elle ce que je veux, lorsque c'est nécessaire. Regarde-moi bien aller!)

— Il vit ici à San Francisco, mon papa?

Clash! La canette d'eau gazeuse que maman tenait à la main vient de s'écraser sur le sol, répandant son contenu dans toutes les directions (pschiiit). La pauvre tousse sa vie après avoir avalé une gorgée de travers.

— Arg! Ahu, ahu, ahu! tousse-t-elle, la mine affolée. Ahu ahu, ahu, ahu!

Je compatis, évidemment, malgré le fait que j'aimerais bien qu'elle n'esquive pas tout le temps mes questions... Ça finit par devenir agaçant à la fin !

—Excuse-moi, fait-elle, une fois sa quinte de toux calmée.

—Alors ?

—C'était quoi ta question déjà ?

Grrr ! Elle m'éneeerve ! On dirait qu'elle le fait exprès ! ☹

—Je te parlais de mon père. Youhoooou ! Tu sais, le monsieur avec qui tu m'as fabriquée il y a treize ans, bientôt quatorze. Est-ce qu'il vit ici, à San Francisco ? Il ne s'agirait pas du père de Vad, par hasard ?

—Où es-tu allée chercher cette idée, s'offusque-t-elle en tripotant nerveusement ses lunettes de soleil, comme pour se donner une contenance. Jamais de la vie !

—Je ne sais pas, mens-je. Une intuition qui m'est venue comme ça.

Elle avale sa salive puis prend une grande respiration et semble enfin vouloir se lancer pour sauter dans le vide.

—Oui, euh, je voulais justement profiter de ce voyage pour t'en parler. À ton âge, il est normal de vouloir en savoir plus sur tes origines. Hum, voilà... euh... ton papa ne... Je veux dire, il ne... Il est... Vois-tu, il voulait... Nous voulions... Il ne pouvait pas... JE ne voulais pas... enfin... C'est plus compliqué qu'il n'y paraît.

15 H 40

Tandis que ma mère tente désespérément de rassembler ses mots, je sens une sorte de pulsation, de vibration sous mes pieds. D'abord discrète, cette vibration s'amplifie peu à peu pour devenir de plus en plus intense. Maman ne remarque rien tant elle est nerveuse. Le son de sa voix est pourtant progressivement couvert par le bruit, un grondement qui semble venir du sol, puis qui retentit comme le tonnerre! Le tonnerre sous la terre? *OMG!* On dirait un... souhaitons que je me trompe, un, UN TREMBLEMENT DE TEEERRRRE!!! Telle une décharge électrique, un courant traverse mon corps, passant de mes pieds jusqu'à envahir l'intérieur de ma boîte crânienne, en un instant. Je n'ai plus qu'une seule pensée: danger!

Affolées, nous sautons prestement sur nos pieds. Prenant ma main dans la sienne, maman me tire vers elle. J'ai l'impression qu'elle lutte contre l'envie de se mettre à courir en m'entraînant à sa suite, bien qu'elle ne bouge pas. Nous irions où de toute façon? Je me le demande! Regardant autour de moi, je remarque que les gens ne semblent pas vouloir fuir. Tout le monde a plutôt l'air calme, même si les conversations se sont momentanément arrêtées et que les skaters sont descendus de leurs planches. Contre toute attente, le sol se calme, le bruit s'atténue… jusqu'à disparaître. Ouf! En tout et pour tout, l'incident a probablement duré une minute à peine, même si cela m'a paru une heure. Les conversations reprennent déjà et quelques éclats de rire fusent çà et là. Avons-nous rêvé? Ils sont fous ces gens ou c'est moi?

— Euh! Il s'est passé quoi là, m'man?

— Je, je crois qu'il s'agissait d'un léger tremblement de terre, ma chouette.

Je remarque que ses mains tremblent. Elle a eu peur, même si elle cherche à le cacher. Quant à moi, j'avoue avoir eu la frousse de ma vie! Heureusement que la secousse a été de courte durée.

— Ça arrive souvent par ici?

— Absolument. C'est la raison pour laquelle les habitants n'en font guère de cas. San Francisco, comme Los Angeles d'ailleurs, est située sur une faille géologique, à la jonction des plaques tectoniques de l'océan Pacifique et de l'océan Atlantique. On l'appelle la faille de San Andreas. Il paraît qu'il y a jusqu'à deux cents petites secousses chaque année. Rien de grave, rassure-toi!

— Tu es certaine qu'il n'y pas de danger? Ça ne va pas reprendre?

— Il y aura peut-être d'autres petites secousses, c'est normal. Certainement rien de plus sérieux que tout à l'heure. Le seul tremblement de terre réellement meurtrier ici a eu lieu en 1906. Puis, ça a été le calme jusqu'en 1989. Je ne crois pas qu'il y ait de raison de nous inquiéter.

— Il y a eu un autre séisme dans les années 1980?

— Oui, mais il y a eu peu de blessés. Rien de très important. Je te le jure. Le tablier supérieur d'un viaduc s'est effondré ainsi qu'une minuscule portion du Bay Bridge.

— Quoi? Tu me niaises?

Cherchant à me rassurer, elle me serre un peu plus fort contre sa poitrine.

—Il n'arrivera rien de tout cela cette fois, c'est promis.

Je doute un peu de sa bonne foi, d'autant plus qu'elle est aussi pâle qu'un linceul.

—Je crois que nous devrions rentrer à la maison maintenant, laisse-t-elle encore échapper. Le mariage de Donna et Al a lieu dans trois jours et j'ai promis de donner un coup de main pour les préparatifs qui restent à faire. Je veux donc être là lorsque Donna reviendra de l'hôpital.

—Mais… et notre conversation ?

—Quelle conversation ? fait-elle, jouant les innocentes.

—Concernant mon papa…

—Nous en parlerons plutôt demain, si tu le veux bien. Je suis très fatiguée tout à coup. Je suis désolée.

—Mais…

—Tu sauras tout avant le mariage de Donna, promis.

Pfff, n'importe quoi, une fois encore ! Et dire que ça y était presque ! ☹

16 H 35

En posant le pied dans l'entrée de la maison de Steiner Street, nous constatons qu'on nous a précédées. Une main poilue puis une tête frisée et un visage barbu surgissent en effet de derrière la porte entrebâillée du bureau.

— Alex! Tu es là! s'exclame maman en sautant au cou de l'inconnu.

Mon cœur s'arrête un moment avant de se remettre à battre furieusement. Baboum, baboum, baboum, baboum, baboum. Le tremblement de terre, c'est à l'intérieur de moi que ça se passe présentement! (Me crois-tu si je te dis que l'homme qui se tient devant moi est sans équivoque le barbu de la photo que mes amis et moi avons trouvé dans le classeur de maman?) *OMG!* Le voilà qui vient vers moi, le sourire aux lèvres et la main tendue. Que dois-je faire? Comment suis-je censée me comporter? Est-il ou pas celui que je pense qu'il est peut-être??? J'ai chaud, mes mains sont moites, mes genoux sont en coton et mon cerveau se liquéfie!

— *You must be Juliet*, me salue-t-il. *Nice to meet you!*

— Euh! *Thank you!*

Ayoye! Dois-je l'appeler «*uncle* Alex» ou quelque chose du genre? Étourdie par les événements de la journée, j'en perds le peu d'anglais que je connais. C'est le festival des émotions fortes, on dirait. Il faut que j'aille ouvrir mon iPad pour parler à mes *BFFs*. C'est une urgence! Voilà Vad qui apparaît à son tour. J'ai pas le temps là. Il faut que je m'en débarrasse!

— Alors, Jules, as-tu été effrayée par le secousse sismique de cet après-midi? s'enquiert-il gentiment. Tu es toute pâle.

— On dit "la" secousse, Vad, pas "le". Ne me dis pas que tu n'as pas eu peur toi aussi!

Il rit. J'ai dit quelque chose de drôle?

— Personne n'aime la perspective de la *Big One*, mais on finit par ne plus faire attention aux petites secousses, répond-il d'un air détaché. Un San Franciscain n'avoue jamais qu'il pense au pire. Ça fait partie de l'"attitude San Francisco". On ne pourrait vivre ici, sinon.

Je hausse les épaules. À mon avis, ils sont un peu mabouls, les San Franciscains.

— Oh, intéressant! Bon ben, euh… j'ai quelque chose à faire dans ma chambre. Je reviens tout à l'heure, okay?

— Julieeette, voyons! s'indigne ma mère. C'est très impoli de te retirer dans ta chambre pour jouer avec ton iPad alors que nous venons d'arriver. Reste un moment encore, veux-tu! Vincent apprécie ta compagnie et Al semble très impatient de faire ta connaissance.

(Grrr! Tu l'as entendue? De quoi elle se mêle maintenant? Comme d'habitude, ma mère s'en prend à moi et me fait honte devant TOUT le monde, mon... ce... le « barbu » y compris! ☺)

— *What did she say²*? demande le... père de Vad en s'adressant à ma mère.

— Laisse-la faire, *aunt³* Marianne, intervient l'adolescent. J'ai moi aussi un ou deux trucs à faire. On se retrouve tout à l'heure, Juliette?

Ouf! Sauvée par mon peut-être-petit-cousin-mais-peut-être-aussi-grand-demi-frère.

— Oui, on se retrouve dès que tu auras terminé, Vad.

— C'est très gentil à toi, Vincent, se croit obligée d'ajouter maman. Vas-y, Juliette, mais reviens-nous lorsque ce sera l'heure de préparer le souper. D'accord?

— Okaaayyy!

(C'est à quel âge déjà qu'on est exempté de recevoir des ordres? Je suis sûre que si Vad était son fils, elle ne passerait pas autant de temps à le disputer qu'elle le fait avec moi. C'est trop injuste! Quoi? Comment ça, tu ne crois pas? ☺)

---

2. Qu'a-t-elle dit?
3. Tante.

Enfin seule! Pressée de raconter les péripéties des vingt-quatre dernières heures à mes amis, j'ouvre FaceTime avec autant d'empressement que si Charles Lafortune attendait à l'autre bout pour m'offrir une participation à *La Voix Junior*. Gina? Gino? Quelqu'un est là? Merdouille, Gina n'est pas là! ☹ Mais, youpiii! Gino est là! ☺ Avant même qu'il n'ait eu le temps de dire quoi que ce soit, je lui raconte le principal: ma rencontre avec le mystérieux « Al le barbu ».

Gino (les yeux écarquillés d'étonnement): Tu es certaine de ne pas te tromper et que ce Al est vraiment le barbu de la photo?

Moi (aussi convaincante que possible): Puisque je te le dis!

Gino: Ayoye! Tu sais ce que ça signifie?

Moi: Euh, pas vraiment, mais je sens que tu vas me l'apprendre.

Gino (toujours aussi brillant): L'étau se resserre. Il ne reste plus qu'un inconnu dans cette histoire d'enveloppe et il y a une chance pour que celui-ci soit justement l'homme que nous recherchons, c'est-à-dire ton père. Tu as commencé à insister auprès de ta mère et c'est très bien. Elle devine certainement qu'elle ne pourra plus te cacher la vérité encore longtemps.

Moi (avec un brin d'exagération): J'espère bien parce que ça commence à presser en titi! J'ai failli mourir dans un tremblement de terre aujourd'hui!

Gino (curieusement imperturbable): Il y a eu une microsecousse à San Francisco aujourd'hui?

Moi (un peu vexée): Microsecousse, parle pour toi! Celle d'aujourd'hui était quand même un peu plus forte qu'à l'habitude, j'en suis persuadée. Et, oui, j'ai eu un peu peur. Il paraît qu'ils redoutent le *Big One* ici. Tu sais ce que c'est?

Gino: Il ne faut pas avoir peur, ma belle. Il y a très souvent de petites secousses à San Francisco, mais rassure-toi, rien qui se compare avec les séismes qui ont ébranlé d'autres endroits du monde ces dernières années. Pour la signification de *Big One*, je vais me renseigner et te revenir là-dessus. J'ai du temps devant moi ce soir et il y a autre chose que je veux vérifier.

Moi (résignée à changer de sujet): Tu sais où est Gina? Je ne suis pas arrivée à la joindre.

Gino (taquin): Je ne te suffis pas? Elle est chez Youssef et, comme tu le sais, il n'a ni iPad ni Internet chez lui. Je lui raconterai notre conversation en détail, dès demain. Nous devons aller à la piscine tous les trois en matinée.

Moi: Chanceux! J'ai hâte de vous retrouver! Oups, on cogne à ma porte. Sûrement ma mère. Je vais devoir te laisser.

Gino (avec tendresse): Bye, Jules! On essaie de se parler plus tard.

Moi (en lui soufflant un baiser): Okay. Bye-ye!

17 H 15

Trois petits coups plus tard, j'entends la voix douce de Vad.

— Je peux entrer?

— Ouiii.

Le garçon pénètre dans la chambre, les mains dans les poches et un timide sourire aux lèvres.

— Je te dérange? Tu étais occupée avec tes copains peut-être?

— Ce n'est pas grave, nous avions terminé.

— Tu aimes la musique ? J'ai un tourne-disque dans ma chambre. Voudrais-tu écouter de la musique avec moi ?

Cool ! Je souris en hochant la tête. (Vad est décidément super fin et j'ai justement besoin de réconfort ce soir. Je n'arrive pas à tirer quoi que ce soit de ma mère et je me sens totalement seule au monde, loin de mes *BFFs*.)

— D'accord !

17 H 30

La chambre de mon petit-cousin est décorée façon vintage. Tu sais, un peu à l'ancienne mode. On se croirait dans un sous-sol d'ado des années 1980 ou avant, genre 1960 ou 1970. Au mur, il y a des posters de chanteurs que je ne connais pas. En tout cas, ils ont tous en commun d'avoir des coupes de cheveux très bizarres et des vêtements bigarrés. Au fond de la chambre, du côté opposé au lit, il y a un tapis indien et quatre gros fauteuils poires. Des genres de poufs remplis de petites billes et recouverts de tissus façon jeans. Quand on s'assied dessus, ils prennent la forme de notre corps. C'est trop cool ! Il est chanceux, ce Vad ! Il a aussi un véritable tourne-disque pour faire

jouer des disques vinyle et deux guitares, l'une électrique et l'autre acoustique.

— Wow! Ta chambre est vraiment *chill*! Et tu as même une guitare. J'aimerais tant apprendre à en jouer.

— Merci. Mes parents me l'ont offerte pour mon douzième anniversaire. Je ne suis pas expert, mais j'aime bien passer des soirées avec papa à essayer d'en tirer quelques sons. Tu veux essayer?

(Quelle chance il a d'avoir un père, lui! ☹ Mieux vaut changer de sujet ou je vais avoir la face longue toute la soirée...)

—Non, merci. Qui sont ces musiciens sur ton mur?

—Alors, là, il y a les Beatles et ici Bob Marley. Juste à côté, ce sont The Mamas & The Papas et Bob Dylan et elle, c'est Joan Baez.

—Hum, Bob Dylan est l'un des chanteurs préférés de maman. On a un CD dans la voiture. Il a une voix vraiment bizarre. Tu l'aimes vraiment?

—Oui. Comme tous les musiciens qui ont participé au *Summer of Love*. Tu en as entendu parler?

—Euh, non. Qu'est-ce que c'est?

—Ça s'est passé pendant l'été 1967, ici, à San Francisco. C'était un immense mouvement de jeunes qui souhaitaient une monde meilleur. C'est cet été-là qu'est né le mouvement hippie et la célèbre expression *Peace & Love*. Tu connais?

Je souris.

—Bien sûr, oui. Ma mère répète souvent cela, même si elle est née en 1971.

—Les hippies de cette époque, les jeunes qui les ont suivis et ceux d'aujourd'hui sont à la fois semblables et très différents. À chaque époque ses influences. Ce que j'apprécie du *Peace & Love*, et

139

ce qu'il faut en retenir, c'est que le besoin de paix et d'amour sera toujours d'actualité. "Faites l'amour, pas la guerre", disaient-ils. J'aime les chansons de ce temps-là parce que les paroles sont vraiment cool!

—Moi, ce qui me plaît, ce sont les vêtements qu'ils portaient. Les ponchos, les chemises indiennes, les jeans.

—Je suis d'accord avec toi. Les pantalons pattes d'éléphant et les bottes à talons hauts pour hommes étaient vraiment super.

Il éclate de rire et je ne sais plus très bien s'il est sérieux ou s'il se moque. Alors je rougis comme un poinsettia à Noël et je ris avec lui.

—Ha, ha, ha, ha!

—Tu veux entendre une de mes disques? propose-t-il.

—Je veux bien, acquiescé-je.

Il me fait écouter une vieille chanson que j'ai déjà entendue quelque part. À la radio, peut-être? Je ne suis pas sûre. Ça a l'air vieux. Le genre de musique qu'apprécie ma mère. En tout cas, j'aime bien quand même.

—C'est qui? Comment s'appelle cette chanson?

—C'est Scott McKenzie et ça s'appelle *San Francisco*, mais tout le monde l'appelle *Be Sure to*

Wear Flowers in Your Hair. Tu comprends les paroles ? Ça parle de l'époque du *Flower Power* justement.

—Oh ! Je ne comprends pas trop, non.

« *If you're going to San Francisco,*

be sure to wear some flowers in your hair...

If you're going to San Francisco,

Summertime will be a love-in there », dit la chanson.

—Si tu vas à San Francisco, traduit Vad, sois certain de mettre des fleurs dans tes cheveux. Si tu vas à San Francisco, l'été y sera une saison d'amour.

—Hum, fais-je en pensant à ma mère et à son mystérieux amoureux.

—Maman, papa et ta mère seront occupés demain toute la journée par les préparatifs du mariage. Si tu veux, on peut prévoir faire quelque chose ensemble, m'offre Vad.

—J'aimerais bien, oui. Mais tu ne vas pas à l'école ?

—Je peux manquer un journée en donnant comme excuse les préparatifs entourant le mariage de mes parents et l'arrivée d'une invitée très spéciale venue du Canada.

Il me fait un clin d'œil.

— Ça doit te faire bizarre de préparer le mariage de tes parents. Généralement, les gens se marient avant d'avoir des enfants, non ? fais-je remarquer.

— Pas nécessairement. Mes parents ne sont pas très conventionnels, en vérité. Et puis, je crois qu'à leur époque, le mariage n'était plus tellement à la mode. Ça ne m'a jamais vraiment affecté. Et toi, tes parents sont séparés, je pense. Ça se passe comment ?

J'hésite un peu avant de répondre. Ainsi, il ne sait rien ? Si je le mettais au courant de mon enquête, Vad pourrait peut-être m'aider à la faire avancer... Hum, il faudrait alors que je lui parle de mes soupçons à propos de son propre père. Toute cette histoire est un peu glauque et je ne sais à quelle réaction m'attendre de sa part. Je choisis donc de me taire.

— Bien, fais-je, en baissant les yeux. Pourquoi crois-tu que tes parents aient finalement décidé de se marier ?

— Je crois qu'ils n'en avaient jamais réellement ressenti le besoin. Ils s'aiment depuis longtemps et se font confiance. Mais un de mes oncles est décédé il y a deux ans. Enfin, il a disparu lors d'un reportage à l'étranger et mes parents en ont été très affectés. Cet oncle vivait seul. Il n'avait pas de famille à lui. Je crois que mes parents se marient pour les papiers, afin de souder légalement notre famille pour de bon. Ce sera une sorte de cérémonie symbolique. Comme une message d'espoir, une façon de dire au monde entier que nous formons une famille unie.

— Oh ! Je suis désolée pour ton oncle.

— Ne le sois pas. Je ne le voyais pas souvent. En fait, ce n'était pas réellement un oncle, plutôt un ami très cher de la famille. C'est mon père qui a été le plus affecté.

— Il fait le même genre de reportage que faisait ton oncle ?

— Non, mon père ne voyage que très rarement hors des États-Unis. Il écrit sur l'économie, à propos des grandes entreprises. Des choses du genre...

— Ah bon !

20 H 30

À 20 h, Alex est venu frapper à la porte avec des pizzas garnies ! C'est vraiment cool de sa part de nous laisser manger dans la chambre de Vad. Ma mère n'aurait jamais permis une chose pareille ! Je me demande si mon père aurait été aussi permissif...

Nous passons le reste de la soirée assis en tailleurs par terre, à grignoter nos pizzas et à écouter de la musique en discutant du mouvement hippie et des préparatifs du mariage.

—Tu as une idée de ce que tu aimerais voir demain? me demande mon compagnon.

—Eh bien, oui. Tu te rappelles cet endroit dont nous avons parlé l'autre jour, The Codmother?

—C'est dans Fisherman's Wharf. C'est un quartier très touristique que tout le monde adore. Si c'est ce que tu veux, on pourrait y aller en *cable car*. Je n'ai qu'à demander à mes parents de nous emmener jusqu'à l'arrêt.

—Génial!

Depuis dix minutes, je réprime bâillement sur bâillement et mes paupières se font si lourdes que j'aurais besoin de les retenir avec mes doigts pour les garder ouvertes. Il faut dire que la journée a été fertile en émotions.

—Tu as sommeil, Jules?

—Hum, un peu. À Québec, il est déjà minuit.

—C'est vrai, je l'oubliais. Je te laisse aller te coucher alors. Tu dois bien récupérer parce que, demain, le programme de la journée sera chargé. Il va faire un temps magnifique et j'aimerais en profiter. Si tu es d'accord, nous partirons tôt. Comme ça, nous aurons le temps de visiter aussi Alcatraz. Ça te tente?

—Qu'est-ce que c'est, Alcatraz?

—C'est un lieu mythique à San Francisco. Une ancienne prison située sur une île. Il faut prendre un bateau pour s'y rendre. Ce sera amusant, compte sur moi.

—D'accord, fais-je en me levant. Bonne fin de soirée, Vad.

—Bonne nuit, Jules.

Je ne suis pas certaine d'être très emballée à l'idée de visiter un ancien pénitencier, bien que je sois contente que quelqu'un se soucie de moi.

21 H 05

En entrant dans ma chambre, je ne peux résister à l'envie d'ouvrir mon iPad pour vérifier si Gina ou Gino sont en ligne. Toujours rien du côté de Gina. Gino, lui, est là. Youpi! J'ai un petit regain d'énergie finalement... ☺

Gino (content): Jules, j'espérais que tu me contactes ce soir. J'ai du nouveau.

Moi (étonnée): Vraiment? Tu n'es pas encore couché?

Gino: J'ai trouvé des choses susceptibles de t'intéresser, alors je n'ai pas sommeil.

Moi : Tu es resté éveillé pour m'aider dans mon enquête ?

Gino (un charmant sourire aux lèvres) : Pourquoi pas ? Tu le mérites ! Tu veux que je te raconte ?

Moi (en hochant la tête) : Je t'écoute.

Gino : J'ai finalement déniché une photo d'Adam Pearson, le journaliste. Ça n'a pas été facile, mais en recoupant de l'information disponible sur tous les sites des journaux où il écrit, j'ai fini par y arriver. Un de ses collègues a parlé de lui dans le cadre d'un reportage illustré paru il y a trois ans.

Moi (sursautant) : Vraiment ? Tu, tu... Il a l'air de quoi finalement ?

Gino (triomphant) : Je vais t'envoyer l'article dans quelques minutes par courriel, et je peux déjà te dire qu'il y a de bonnes chances pour qu'Adam Pearson soit effectivement le deuxième homme, c'est-à-dire le dernier inconnu sur les photos de ta mère. La piste du pseudonyme était donc fausse. Alex et Adam sont bel et bien deux personnes différentes. Des amis sans doute.

Moi : Vad m'a dit ce soir que son père ne voyage à peu près jamais à l'extérieur des États-Unis, justement.

Gino : En voyant la photo, ça m'a sauté aux yeux qu'il s'agissait du deuxième type, celui sans la barbe. Voilà qui t'aidera à interroger ta mère pour la suite, non ?

Moi (à la fois soulagée et découragée) : Je peux au moins écarter l'hypothèse glauque que Vad soit à la fois mon petit-cousin et mon demi-frère. Quant à ma mère, elle n'arrête pas de se défiler. C'est l'enfer ! J'étais en train de la questionner aujourd'hui quand nous avons été interrompues par le tremblement de terre…

Gino (l'air soudain inquiet) : Oh ! Je voulais aussi te reparler à ce sujet. J'ai finalement appris ce que le *Big One* désigne exactement, enfin, à San Francisco en particulier.

Moi (curieuse) : Ah bon !

Gino (toujours soucieux) : Pour les San Franciscains, c'est une expression qui veut plus ou moins dire "le tremblement de terre qui détruira tout".

Moi : Hein ?

Gino : Je t'explique. Le dernier séisme de réelle envergure sur la faille de San Andreas remonte à 1906. Il était d'une magnitude apparente de 7,8 sur l'échelle de Richter. C'est beaucoup ! Il a été provoqué par un mouvement le long de la partie nord de la faille de San Andreas et, surtout, il a fait plus de 3 000 morts et d'énormes dégâts matériels. C'était il y a très longtemps. Le hic, c'est que cette faille existe toujours et que les chercheurs estiment que le phénomène est cyclique. C'est-à-dire qu'un séisme de cette envergure est susceptible de se reproduire tous les cent ans environ.

Moi (la bouche ouverte par l'effroi) : Donc, le prochain très gros tremblement peut avoir lieu... à tout moment depuis 2006 ? Ayoye !

Gino (tentant de se faire rassurant) : C'est ça. Sauf que tu dois aussi savoir que la plupart des bâtiments de la ville construits après 1906 l'ont été en respectant des règles très strictes afin de résister aux secousses.

Moi : Que veux-tu dire ?

Gino : Lors d'un tremblement de terre, c'est la chute des objets et l'écroulement des bâtiments qui font le plus de victimes. Grâce à l'amélioration des normes de construction, on peut grandement limiter les dégâts. Lors du séisme de 1989, par exemple, il n'y a eu que 72 morts en Californie contre 25 000 en Arménie, où avait eu lieu un séisme d'une magnitude équivalente une année auparavant.

Moi (ébranlée) : Aïe, 72 morts, quand même.

Gino (toujours pragmatique) : Pense à autre chose. Il est inutile de t'inquiéter pour ce qui a très peu de chances d'arriver. Qu'as-tu au programme pour demain ?

Moi (heureuse de changer de sujet) : Vad doit m'emmener dans Fisherman's Wharf. Je veux faire une petite visite à cette Suzanne du restaurant The Codmother.

Gino : Excellente nouvelle. Courage ! Tâche de lui poser des questions sur ta mère et Adam Pearson. Apporte la photo d'elle avec les deux hommes.

Moi : Je vais tenter le coup. Bon, je crois qu'il est l'heure d'aller au lit maintenant.

Gino : Je suis d'accord. À demain alors. Fais de beaux rêves, ma belle.

Moi (amoureuse) : Je t'embrasse. À demain, mon Gino !

Dans ma boîte courriel, je trouve l'article envoyé par Gino. Il s'intitule « *War correspondent : a dangerous occupation* », « Correspondant de guerre : un métier dangereux ». Il y a effectivement une photo du fameux Adam Pearson. Malgré le flou de l'image, je reconnais son regard et ses cheveux brun foncé. Comme les miens... Comme ceux de l'inconnu des deux photos du classeur de maman...

Vendredi 6 octobre

9 H

Le soleil qui perce les rideaux de ma chambre caresse doucement ma joue. Puis c'est le bruit de la porte qui grince en ouvrant le passage à ma mère qui me réveille pour de bon.

— Julieeette ? Pssst, coucou ! Debout ma paresseuse. Il faut te lever pour venir prendre ton petit-déjeuner. Vincent vient de me dire que vous avez un programme chargé aujourd'hui et Donna a rendez-vous pour l'essayage de sa robe de mariée à 10 h. Nous vous déposerons à l'arrêt du *cable car* en passant.

Après un coup d'œil au réveille-matin posé sur la table de nuit, je saisis mon oreiller pour le rabattre sur ma tête. (Pitié, l'aube vient à peine de se lever ! ☺)

— J'arrive !

— Fais ça vite. Allez ! Lève-toooiii !

151

—Oui, oui. J'ai compris... (Elle m'agace à la fin!)

Le comble, c'est que la voilà qui soulève les couvertures pour me forcer à sortir du lit. J'haïs TELLEMENT ça quand elle fait ça! Prise de l'envie soudaine de lui faire mal, je sors la tête de sous l'oreiller et lui assène le coup de grâce:

—M'man. Qui est Adam Pearson au juste?

—Que, quoi?

Elle pâlit et chancelle au point qu'il lui faut s'asseoir au bord du lit.

—Où as-tu entendu ce nom?

—Je...

Là, je ne sais trop que répondre parce que je n'ai pas vraiment envie de me faire disputer parce que j'ai fouillé dans son classeur.

—J'ai entendu Donna le prononcer. C'est un ami à toi? insisté-je.

—C'est, je veux dire, il est... Il s'agit d'un ami très cher que j'ai perdu de vue depuis longtemps déjà.

—Il ne s'agirait pas de mon père par hasard?

—Où diable es-tu allée chercher ça? lance-t-elle, l'air faussement scandalisé.

Elle joue très mal la comédie! Une chose est certaine, elle a quelque chose à cacher et j'ai réussi

152

à l'ébranler. Je vois d'ailleurs deux larmes poindre à la racine de ses cils.

— Écoute, nous n'avons pas le temps de discuter de cela ce matin, mais j'entends ton désir d'en savoir plus sur ton père et je promets de satisfaire ta curiosité très très bientôt. Laisse-moi juste trouver le moment propice, veux-tu ?

— Je veux que tu me parles ce soir. M'entends-tu, maman ? Il ne s'agit pas de "satisfaire ma curiosité", il s'agit de ton devoir. J'ai le droit de savoir qui je suis, d'où je viens et qui est mon père. Tu. Me. Le. Dois ! martelé-je. Je me torture avec cette question depuis des années maintenant. C'est assez !

Elle sursaute, visiblement aussi secouée que décontenancée.

— Je n'avais pas imaginé que cette question puisse te torturer, ma pitchounette. Enfin, je, je ne voulais pas y penser. Je suis tellement désolée ! Je n'ai jamais eu l'intention de te faire du mal, bien au contraire. Écoute, il est déjà tard, et Vincent t'attend. Ce soir, je te le promets, nous aurons cette conversation que tu souhaites tant au sujet de ton papa. Je te dirai tout. C'est juré.

— Tout ?

— Tout ce que je serai en mesure de te dire.

— Tu sais, m'man, j'essaie de t'en parler depuis plus d'une semaine maintenant, et tu trouves toujours le moyen de t'esquiver. J'ai un peu perdu confiance... ☹

— Je te donne ma parole que je ne me déroberai pas cette fois, ma Juliettounette.

L'air sincèrement consterné, maman replace doucement une mèche de mes cheveux qui vient de me retomber sur les yeux.

— Allez, sois gentille. Habille-toi et viens me retrouver dans la cuisine. Vincent t'y attend déjà.

— D'accord.

Un peu rassérénée, je sors du lit d'un bond, bien décidée à profiter à fond de ce que m'apportera cette journée !

10 H 30

Après un nouveau tour de *cable car* (J'adore vraiment !!! Il faut que tu essaies ça !) Vad et moi descendons sur le front de mer, dans Fisherman's Wharf. Déjà haut dans le ciel, le soleil tape fort. Il fait si beau que je n'ai pas du tout l'impression que nous sommes en octobre. Les quais grouillent de promeneurs, de familles et de touristes venus profiter de l'été indien pour faire une petite croisière dans la baie ou pour fureter dans les nombreuses boutiques de souvenirs. Il y a aussi un aquarium et, surtout, de nombreux restaurants et stands de restauration rapide. Je me demande bien où se trouve le Codmother. Difficile de convaincre Vincent de m'y emmener avant l'heure du lunch...

— Hum, je prendrais bien un bain de soleil, moi, dit-il en retirant la veste de velours côtelé qu'il porte sur son t-shirt noir. On s'assied un peu ?

— Euh, je préférerais marcher et explorer les environs. C'est le temps idéal pour faire de l'exercice, non ?

— Oui, il ne fait ni chaud ni froid, c'est la bonheur, ajoute comiquement mon compagnon.

Je le reprends en souriant.

— On dit "le" bonheur. Oui, et c'est vraiment joli ici. Je veux tout voir ! On se promène ? Il y a beaucoup de monde en tout cas ! Tu as déjà croisé des célébrités dans les alentours ?

(La question se pose, tu ne crois pas ? San Francisco est tout près de Los Angeles et Hollywood après tout et, en vérité, c'est pour Gina que je pose la question ! 😁)

— Tu aimerais voir des stars ? s'enquiert Vad avec un sourire espiègle.

— Ben, ouais !

— Je sais où en trouver. Allez viens, suis-moi, m'invite-t-il en me prenant par la main.

La promenade sur le port est parsemée de quais et de pontons s'avançant vers la mer. Au quai numéro 39 (appelé Pier 39), les pontons de bois sont occupés par des visiteurs un peu bizarres. De loin, j'ai l'impression qu'il s'agit de grosses personnes allongées au soleil. En approchant, je découvre qu'il n'en est rien. Des stars ? Vraiment ?

— Qu'est-ce que c'est que cela ? demandé-je, ébahie. On dirait des...

— Des otaries, rigole Vad. Non, tu ne rêves pas ! Ces mignonnes grosses bêtes sont l'une des principales attractions touristiques de la ville de San Francisco. Ce sont nos stars à nous. Tu ne le savais pas ?

— Euh... non. Elles sont mignonnes, oui. Enfin... si on veut.

J'éclate de rire à mon tour. Elles sont surtout vraiment nombreuses ! Je ne te mens pas, il y en a des centaines, collées les unes sur les autres. C'est fou ! Comme si elles m'avaient entendue penser, voilà que les étranges bibittes se mettent à aboyer : « ouaf, ouaf, ouaf, ouaf. » 😂 (Oui, oui. Je te le jure ! Les otaries aboient, exactement comme des chiens. C'est trop drôle ! Tu en as déjà observé ? À l'aquarium peut-être !)

—On les appelle *the sea lions*, les lions de mer, m'explique Vad. Certains pèsent jusqu'à 500 kg. Ils se sont installés à Pier 39 en 1989, on ne sait pas trop pourquoi, mais ils ont l'air de s'y plaire. Avant, ils vivaient à Seal Rock, du côté nord-ouest de la ville. On pense qu'ils se sont déplacés à cause du tremblement de terre de 1989, se sentant plus en sécurité ici que là-bas.

—C'est le cas?

—Le jour où la *Big One* surviendra, personne ne sera en sécurité où que ce soit, à mon avis.

—Oh!

Il se met à rire avec une insouciance qui me paraît un peu trop désinvolte.

—On a eu une secousse hier, non? insisté-je.

—Oui. Je ne veux pas t'inquiéter, répond-il, mais celle d'hier était effectivement un peu plus forte que ce que nous avons connu ces 24 derniers mois, c'est-à-dire 5 sur l'échelle de Richter. On s'attend donc à de petites répliques dans les prochains jours.

—C'est quoi l'échelle de Richter?

—Il s'agit d'une unité de mesure qui détermine l'intensité des tremblements de terre.

—Et les répliques, qu'est-ce que c'est?

—Ce sont de petites secousses qui surviennent après un séisme plus important.

—Ah bon? Et, est-il possible que ce soit le contraire? demandé-je avec angoisse.

—Que veux-tu dire?

—Est-il possible que la secousse d'hier en annonce une autre plus importante?

—Ce n'est pas à exclure, mais je crois surtout que tu devrais penser à autre chose.

Son sourire se veut rassurant. Bon. Je n'ai pas à m'affoler s'il ne s'inquiète pas lui-même. Qu'en penses-tu? Tous les deux, nous restons là un moment à admirer les lions de mer, puis la raison de notre visite au port me revient en mémoire.

—Je meurs de faim, moi. Pas toi, Vad? questionné-je innocemment.

—Moi aussi! Que veux-tu manger?

—Du poisson. Hier, tu m'as promis de m'emmener au Codmother Fish & Chips. Tu te souviens?

—C'est vrai! Puisque tu veux y aller, allons-y. C'est par là-bas. Suis-moi!

12 H

The Codmother n'est pas situé directement sur les quais, plutôt sur Beach Street, à l'angle de Jefferson Street. Comme me l'a signalé Vad mercredi, il s'agit d'un camion de restauration plutôt que d'un véritable resto. Le véhicule est joli ! ☺ L'enseigne affiche la même femelle poisson aux yeux et aux lèvres maquillés (et portant un drapeau britannique en guise de tablier !) que sur le menu que j'ai en ma possession. C'est aussi comique que sympathique.

— Que veut dire Codmother au juste ?

— C'est une sorte de jeu de mots, répond Vad. *"Cod"* veut dire "morue". *"Godmother"* veut par ailleurs dire "marraine". *"The Codmother"* est donc en quelque sorte la marraine des poissons. Ah, ah, ah ! C'est drôle, non ?

— La "morraine", fais-je à mon tour. Ah, ah, ah ! C'est amusant, oui !

En tout cas, le propriétaire semble avoir le sens de l'humour, c'est le moins qu'on puisse dire 😄.

À côté du camion, il y a des tables de pique-nique et quelques touristes sont déjà en train de déguster leurs *fish & chips*. Miam, ça sent bon ! Mais je ne suis pas venue ici rien que pour manger.

— Mon père la connaît, se vante Vad. Elle s'appelle Suzanne et c'est une véritable British. Elle a quitté Londres il y a des années pour visiter la ville et elle n'est jamais repartie.

— Hum, vraiment ?

Mon cœur se met à battre de façon désordonnée. Je touche au but.

—Tu veux t'asseoir? demande mon compagnon. Je vais aller commander.

—Euh, je préfère venir avec toi, fais-je. Est-ce bien elle qui est là, au comptoir?

—J'avoue que je ne sais pas. Même si l'endroit est très connu, je n'y suis venu qu'une seule fois et je ne devais pas avoir plus de cinq ans.

—Ce n'est pas grave, allons-y!

Dans mon sac à dos, il y a le menu trouvé dans l'enveloppe de maman et la photo d'elle avec le père de Vad et l'autre homme, Adam Pearson. J'ai préparé tout cela ce matin avant de partir. Le cœur battant, je sors discrètement les deux pièces à conviction.

—*Hi, guys, do you want some fish?* demande la dame tout sourire.

Elle a l'air sympathique. Ça me donne du courage. Moi qui suis timide d'avance, tu n'as pas idée de l'état dans lequel je suis. Je transpire comme un coureur de fond sous le soleil et mes mains tremblent. Pendant que Vad commande pour nous deux, je repasse mentalement le petit discours que j'ai préparé ce matin.

—On va s'asseoir? suggère mon compagnon. On nous apportera les assiettes à notre table.

—Vas-y, je te rejoins, réponds-je timidement. J'ai quelque chose à demander.

— Tu veux que je traduise ?

— Non, merci, je n'ai pas besoin d'aide. Je suis capable toute seule.

— Mais...

— Va donc t'asseoir, lancé-je un peu sèchement, accompagnant mes mots d'un geste impatient de la main.

L'air de ne rien comprendre, Vad va nous choisir une table en branlant la tête. Je me fous de ce qu'il pense. J'attends cet instant depuis tellement longtemps ! Il est l'heure de plonger.

— Euh ! *Are you Suzanne ?* demandé-je en rougissant comme une aubergine.

My God, j'ai l'impression d'avoir un accent québécois à couper au couteau. Pourquoi n'ai-je pas travaillé plus fort pendant les cours d'anglais ! ☹

— *Yes, I am, honey ! What do you want ?*

Elle me demande ce que je veux... Je veux savoir si elle est l'auteure de la note manuscrite que je tiens à la main.

— *Did you write this ?*

« Avez-vous écrit ceci ? » J'ai posé ma question en brandissant le menu griffonné, trouvé dans le classeur de ma mère. Je ne peux plus reculer. Le regard de la femme va du bout de papier à mon visage. Interloquée, elle demande :

— *Where did you find this ?*

«Où ai-je trouvé cela?» Sans répondre, en tremblant comme une feuille, je brandis maintenant la photo.

— *Do you know this woman and this man?* insisté-je en pointant ma mère et l'homme inconnu du doigt. *Where they in love?*

Je veux savoir si ma mère et cet homme étaient amoureux.

— *Hey! This is Marianne and Adam. WHO are you exactly, honey?*

Bon… Elle vient de me confirmer que l'homme à côté de ma mère s'appelle bien Adam et elle veut maintenant savoir qui je suis. D'amical qu'il était, le regard de la dame devient suspicieux et son ton n'est plus si chaleureux tout à coup.

— *I'm Marianne's daughter,* risqué-je.

— *Marianne's daughter?*

Les yeux écarquillés, la dame reste muette, comme si elle était trop occupée à réfléchir. Elle finit pourtant par se reprendre.

— *How old are you, dear?* demande-t-elle.

— *Thirteen, almost fourteen.* J'ai treize ans, répété-je en français, bientôt quatorze.

— *Oh!*

Elle a la bouche ouverte et me regarde maintenant comme si j'étais une sorte d'apparition.

—*Is Marianne married?* demande-t-elle, finalement radoucie.

—*No.* Ma mère n'est pas mariée.

—*Who is your father?*

—*I don't know.* Je ne sais pas qui est mon père. Je baisse la tête, gênée.

—*Where is your mother right now?* poursuit la femme. *You would be better off questioning her.* Tu ferais mieux de la questionner elle, murmure-t-elle tout doucement en français, en me remettant la photo d'un drôle d'air.

Je rêve ou je vois passer dans ses yeux quelque chose qui ressemble à... de la pitié? La mine basse, je me résigne à tourner les talons pour rejoindre mon compagnon.

12 H 05

—Qu'étais-tu en train de fabriquer? s'enquiert Vad. Que complotais-tu avec ces papiers? De quoi s'agit-il?

—Rien, laisse faire.

—Si je comprends bien, tu avais une idée derrière la tête en me demandant de t'emmener ici. J'ai raison?

—...

163

Aucun son ne sort de ma bouche. Je me sens si triste tout à coup que j'ai juste le goût de pleurer. Mon intervention auprès de cette Suzanne ne m'a menée nulle part. Non, mais qu'est-ce que j'espérais au juste? Qu'elle me dise: «Tiens, comme ça, tu es la fille de Marianne et d'Adam Pearson? Tu veux que je te le présente?» Grrr... J'ai été stupide! Toute cette histoire est d'ailleurs trop stupide. Ma mère! Jamais je ne lui pardonnerai! Des larmes de dépit font irruption sur le bord de mes cils.

— Et si tu me disais ce qui se passe exactement, insiste gentiment Vad. Tu peux me faire confiance, tu sais. Je pourrais peut-être t'aider si tu te confiais à moi.

— Laisse faire Vad. Ne te mêle pas de ça!

— C'est comme tu veux.

J'espère ne pas l'avoir froissé. Il a l'air sincère, mais je ne sais plus où j'en suis et je ne suis pas certaine que tout lui raconter maintenant soit la meilleure chose à faire. Dans ces conditions, autant me taire. Heureusement, l'aide-cuisinier de Suzanne vient faire diversion en nous apportant nos assiettes.

J'avais faim, et rien ne console mieux un petit coup de tristesse que de la bonne nourriture. D'accord, je viens de me ridiculiser devant Vad et la proprio du resto, mais ce repas est divin et chaque bouchée avalée de ce sublime poisson enrobé de pâte légère m'éloigne un peu plus du chagrin qui m'assaillait il y a dix minutes. Vad a l'air d'avoir déjà oublié l'incident et, pour ce qui est de mes questions restées en suspens, ma mère ne perd rien pour attendre. Elle m'a promis d'élucider le mystère ce soir et elle le fera. Parole de Jules !

— On fait ...uoi après ...éjà ? demandé-je à Vad, la bouche pleine.

— J'ai proposé hier de t'emmener à la prison d'Alcatraz. Ça te va toujours ?

Il sourit gentiment. Il est vraiment *nice* !

— C'est vrai, tu m'en as parlé hier. Qu'y a-t-il d'intéressant à voir là-bas exactement ? C'est une prison, non ?

— C'est surtout un endroit mythique. Tu verras, tu adoreras !

Il a l'air rudement convaincu.

— D'accord. Je te fais confiance.

Je lui souris à mon tour. Mon assiette terminée, je me sens rassérénée et prête à affronter le reste de la journée avec sérénité. Je ne veux plus penser à mes problèmes ! « À chaque jour suffit sa peine », me dirait Gina. Et elle a bien raison. En attendant ce soir, je veux m'amuser.

13 H 30

La prison d'Alcatraz est située sur l'île du même nom, à environ deux kilomètres et demi de distance de l'embarcadère de Fisherman's Wharf. On appelle l'endroit The Rock et il n'est accessible que par des navettes qui y transportent les visiteurs toutes les trente minutes, du matin jusqu'à la fin de l'après-midi. La traversée ne prend qu'un quart d'heure, mais la perspective de débarquer sur une île est très excitante ! En mettant le pied sur le sol rocailleux, je réalise cependant que je ne suis pas suffisamment habillée. Le contraste de température avec le continent est frappant. C'est très bizarre. Qu'à cela ne tienne, il règne ici une atmosphère chargée de mystère et le petit frisson qui me parcourt l'échine n'est pas du tout désagréable.

À l'entrée du bâtiment, Vad et moi louons des audioguides avec les textes narrés en français. D'emblée, j'apprends que l'île n'était habitée que par des Amérindiens jusqu'à la fameuse ruée vers l'or, époque où l'on y construisit un phare rendu nécessaire en raison de l'explosion du trafic maritime. On m'explique aussi que l'île doit son nom à la présence de nombreux pélicans (*alcatraces*, en espagnol). Intéressant, non? En l'absence de prédateurs à quatre pattes, l'île est un véritable sanctuaire d'oiseaux. Il y en a partout!

Admirer la faune ailée est pourtant loin d'être le but du millier de visiteurs qui débarquent ici chaque jour. En 1907, le gouvernement américain y a fait construire une immense prison destinée à abriter les criminels les plus dangereux des États-Unis, une forteresse pour les bandits jugés trop «difficiles» pour être accueillis ailleurs. Brrr!!! Ça donne encore plus froid dans le dos, hein! Ben justement, frissons, isolement et désolation sont les seuls mots qui me viennent à l'esprit en visitant les lieux. Je n'arrive plus à parler. Les cellules sont minuscules, les courants d'air sont partout, la lumière est rare, l'humidité est omniprésente et les règlements, encore affichés sur les murs, semblent implacables. Pas surprenant que les tentatives d'évasion se soient multipliées jusqu'à la fermeture de l'endroit, dans les années 1960! Je ne peux m'empêcher de ressentir de la compassion pour les malheureux qui ont été enfermés ici, bandits ou pas. Comment peut-on se rendre soi-même si misérable? Je veux dire, j'ai du mal à comprendre qu'on puisse prendre le risque de se mettre dans une situation pareille à force de s'endurcir le cœur.

À huit minutes de l'une des plus belles villes du monde, la laideur d'Alcatraz, auréolée de mystère, est une bien vilaine cicatrice! Qu'est-ce qui fait que certaines personnes choisissent la lumière et d'autres, la noirceur? Comment sait-on quel genre de personne on souhaite devenir plus tard, en fait? Il paraît que la plupart des gens imitent ce que font leurs parents, alors que d'autres cherchent à faire le contraire. Je me demande ce que je ferai. Ce que je deviendrai, moi...

Je pense de nouveau à mon père. Qui aime-t-il et qu'a-t-il choisi de faire de sa vie? Pense-t-il à moi? Le fait de voir ma mère avec un autre homme récemment a déclenché une douleur qui était sans doute tapie au plus profond de mon cœur depuis des années, attendant l'occasion de se manifester. Pourquoi m'a-t-il donc abandonnée? L'a-t-il fait de manière délibérée? Sait-il seulement que j'existe? Pourquoi ce silence? Ma mère a-t-elle souffert à cause de lui? Ai-je des raisons d'avoir honte de la moitié des vingt-trois paires de chromosomes dont je suis constituée?

— Tu as l'air si sombre, Jules. À quoi penses-tu ? me demande mon petit-cousin, interrompant mes pensées.

— Hein ? Oh, à rien !

15 H 15

La visite du pénitencier terminée, nous rendons nos audioguides et décidons d'aller explorer l'île.

— On a la temps. Il faut juste éviter de manquer la dernier traversier qui est à 16 h 25, mentionne Vad, toujours aussi embrouillé entre le masculin et le féminin.

— D'accord. J'ai l'impression qu'il va faire plus chaud dehors qu'en dedans, dis-je.

— C'est très possible, surtout de l'autre côté de l'île, à l'abri du vent. Viens, m'invite-t-il en passant son bras autour de mes épaules avec sollicitude.

Aux alentours du bâtiment principal, d'autres petites bâtisses sont encore debout. Il y a l'ancienne buanderie, l'infirmerie et les maisons des gardiens. Certains d'entre eux vivaient peut-être ici avec leurs familles. J'essaie de m'imaginer habiter ici. De jolis sentiers escarpés avec vue sur la mer relient les diverses constructions entre elles. En plus des milliers d'oiseaux, il y a des fleurs partout. C'est très beau et le décor fait du bien à l'âme après l'horreur évoquée à l'intérieur du pénitencier à sécurité maximale. À l'extrémité sud de l'île, nous trouvons même un jardin potager et, en contrebas, une petite crique et une minuscule plage de cailloux.

— Oh, regarde! Il y a une vieille chaloupe amarrée en bas! m'écrie-je. On va voir?

— Le sentier qui descend jusque-là est très escarpé, tu es certaine d'être assez bien chaussée?

Non, mais, pour qui me prend-il? Pour une fillette?

— Bien sûr que je suis assez bien chaussée. Regarde-moi bien aller!

N'écoutant que mon orgueil, j'entreprends de descendre jusqu'à la plage. Oh là là, c'est vrai que la pente est raide! Qu'à cela ne tienne, rien ne me fait plus envie en ce moment qu'une petite heure assise au soleil. Je me demande si les otaries viennent nager par ici... On verra bien!

La descente n'est pas facile, Vad avait raison. À plusieurs reprises, je dois m'agripper aux longues tiges des graminées qui longent le sentier rocailleux. Il ne faudrait pas que je me torde la cheville, je ne serais pas en mesure de remonter... Ouf, nous y voilà! Je suis soulagée. Le hic, c'est que les galets qui couvrent la petite plage sont un peu boueux. J'ai beau regarder dans tous les sens, je ne vois pas où m'asseoir. Ah, non ! Pas question de remonter tout de suite.

—Tu crois qu'on a le droit de s'asseoir dans la vieille barque ? risqué-je.

—Pourquoi pas, puisque personne ne nous verra de toute façon, répond mon compagnon. Nous avons dix minutes.

15 H 45

La barque est amarrée à une espèce de piquet planté dans le sol. Hum, ça a l'air raisonnablement solide. J'embarque avec enthousiasme. Aaah qu'il fait bon mettre sa face au soleil ! Le visage tourné vers le ciel, je profite au maximum de la chaleur des derniers rayons de l'après-midi, somnolant un peu, Vad assis juste à côté de moi.

16 H 15

Ni l'un ni l'autre n'avons vu le temps passer et nous n'avons pas non plus remarqué que la température était en train de changer. Le vent s'est levé. Ouvrant les yeux, je frissonne. Une sorte d'oscillation secoue la barque. Celle-ci commence à se balancer. Tout doucement d'abord, puis avec assez de force pour que certaines des vaguelettes heurtant ses flancs nous éclaboussent. L'eau est glacée! Que se passe-t-il? Une sorte de grondement venu d'on ne sait où, se fait maintenant entendre. *OMG!* J'ai déjà entendu ce bruit. Il enfle progressivement et s'amplifie jusqu'à emplir mes oreilles et ma cervelle, jusqu'à enterrer tous les autres sons. Je tente de me relever, mais je n'arrive pas à me mettre debout. « C'est un autre tremblement de terre », pensé-je en calant bien mes fesses au fond de la barque. Je vais peut-être mourir ici.

—Accroche-toi à moi, Jules, ordonne Vad. Il faut nous lever et descendre.

—Tu... tu crois?

—N'aie pas peur!

—C'est un autre tremblement de terre?

—Un tout petit certainement, rassure-toi. Ce sera terminé dans un instant.

En attendant, le bruit est tel que Vad doit hurler pour se faire entendre et la barque tangue de plus en plus! Le sol meuble de la crique bouge dangereusement. Nous n'arrivons donc pas à nous redresser. Le temps que surgisse dans mon esprit l'idée qu'il va peut-être falloir nous jeter en bas de la barque pour rejoindre les galets, il est déjà trop tard. Le piquet auquel est amarrée la chaloupe sort du sol. Plus rien ne nous retient à la crique. La terre continue de trembler, la mer danse et notre

embarcation s'éloigne de la rive à une vitesse folle.
Nous sommes dans une position périlleuse et un
affreux craquement se fait entendre.

—Attention! hurle Vad, il va y avoir un ébou-
lement.

—Hein? Quoi?

De gros rochers se détachent effectivement de
la falaise dominant la crique. Avec un bruit s'appa-
rentant au roulement d'un millier de tambours, les
énormes pierres dévalent la pente à toute vitesse,

se déplaçant avec fracas dans notre direction. Le bruit est absolument terrifiant. Nous sommes comme paralysés. Horrifiée, les mains sur les oreilles, je laisse échapper un long cri de frayeur lorsque les rochers viennent s'écraser... à l'endroit où nous étions amarrés il y a moins d'une minute.

Où sommes-nous, justement? Paralysés par l'effroi et occupés à regarder l'éboulis, nous n'avons pas réalisé que la barque avait continué de s'éloigner de la terre ferme. Le piquet a disparu sous l'eau et il ne reste que la corde flottant à la surface, désormais inutile. Les vagues sont grosses et je me surprends à prier pour qu'elles ne nous renversent pas. Il faut faire quelque chose, mais quoi? Une seule pensée me hante à présent: je hais l'eau froide! 😣

16 H 30

Les dernières minutes ont pris des allures d'éternité. Le grondement s'est calmé. Même si le tremblement de terre n'est déjà plus qu'un souvenir, nous ne sommes pas saufs pour autant. Vad continue de vouloir me rassurer.

— Là, tu vois, le séisme est terminé, constate-t-il. À San Francisco, les gens s'en sont probablement à peine aperçus.

— Formidable ! Le hic, c'est que nous sommes ici, au beau milieu de l'océan !

— Au milieu de l'océan, tu exagères quand même un peu, non ? San Francisco n'est pas si loin.

— Peut-être pas, mais regarde, voilà un traversier qui s'éloigne ! J'espère que ce n'est pas le dernier. Quelle heure est-il, au fait ?

Consultant sa montre, le garçon étouffe un juron.

— *Shhh...* nous avons manqué la dernier bateau !
☺

16 H 35

Les vagues sont toujours fortes et le vent ne semble pas vouloir se calmer. Le froid et l'humidité se font mordants. Nous sommes coincés comme des rats à bord d'un navire sauf que dans notre cas, c'est à bord d'une minable coquille de noix et que nous n'avons ni rames ni moteur ! Réjouissant, non ?

— Si on se jette à l'eau, tu crois qu'on a une chance de regagner l'île ? demandé-je.

— Absolument pas. Non seulement nous aurions de l'eau par-dessus la tête, mais celle-ci est tellement froide que nous souffririons d'hypothermie avant même d'avoir fait cent mètres à la nage.

Je hausse les épaules.

— Ben voyons ! On est en Californie, non ? Il y a des plages partout.

— On ne vient pas ici pour se baigner, crois-moi. Pour les plages de rêves, il faut aller à Los Angeles. C'est là que se trouvent Malibu, Santa Monica et Venice Beach. Dans la baie de San Francisco, les courants sont forts et dangereux. L'eau est aussi glaciale que chez toi en décembre et il y a partout des récifs sur lesquels le ressac risque de nous projeter. Nous serions transformés en glaçons, puis déchiquetés en moins de deux avant d'être avalés par le courant.

— On fait quoi alors ?

Au tour du garçon de hausser les épaules.

— On attend et on espère très fort que quelqu'un nous aperçoive et vienne à notre secours.

— ...

Ça y est, je me suis encore une fois mise dans le pétrin. Ouais, j'ai un don pour cela ! 😣 Évidemment, personne ne soupçonne que Vad et moi sommes ici, alors pour les secours, on peut toujours rêver. Je dois me rendre à l'évidence : nous dérivons sur une mer hostile, notre vie est en danger, nous n'avons ni eau potable ni nourriture ni couverture, et mon cœur bat si fort qu'il menace de sortir de ma poitrine ! Bravo championne !

Même s'il garde le silence, je sais que Vad est lui aussi grandement préoccupé. Je le comprends à la vue du petit muscle qui tressaute au coin de son œil gauche. Ça ne présage rien de bon.

—Euh! Tu n'avais pas un téléphone portable, toi? lui demandé-je.

—Si j'avais du réseau, tu peux être certaine que j'aurais déjà appelé à l'aide. Malheureusement, ce n'est pas le cas.

—Hum. Tu crois qu'il nous faudra attendre longtemps avant qu'on vienne nous chercher?

—Je n'ai aucun moyen de le savoir.

—On ne serait pas mieux de tenter quelque chose?

—Durant les vingt-neuf ans d'activité de la prison, personne ne s'en est jamais échappé vivant. Ceux qui ont voulu s'enfuir par le mer à la nage se sont tous noyés, précise Vad, alors je vois mal ce qu'on peut tenter de notre côté.

—Ça me rassure de l'apprendre! noté-je en me recroquevillant sur mon siège.

Conscient qu'il vient de manquer de tact, mon petit-cousin cherche à se reprendre.

—Tu as froid? demande-t-il.

—Je suis pétrifiée, réponds-je d'une toute petite voix.

Un vent glacial me cingle la figure et je regrette amèrement mon manteau d'hiver. Le brouillard envahit peu à peu la baie et je ne suis pas certaine que mon moral tiendra encore longtemps.

—Viens là si tu veux, offre l'adolescent en m'ouvrant à nouveau les bras. Mieux vaut nous serrer l'un contre l'autre si nous voulons éviter l'hypothermie. Ne t'en fais pas, tôt ou tard, des secours finiront bien par arriver, assure-t-il, en me caressant maladroitement les cheveux.

Vive l'optimisme! *OMG*, voilà que j'ai mal au cœur! Si cette barque n'arrête pas de tanguer immédiatement, je vais vomir mes *fish & chips* d'ici une minute… Ça y est! Je n'ai eu que le temps de me pencher en avant. Pas besoin de seau!

—Arrrgh! Beurp…

Ah ben, voilà! Les restes de poissons panés flottent à la surface de l'eau tout autour de nous. Ce n'est pas chic, mais ça aurait pu être pire. ☹ Deux secondes plus tôt et je vomissais sur mes Converse neuves, pensé-je, en essuyant un peu de vomi resté sur mon menton. Misère! Ma-maaan!

16 H 45

Les vagues se sont un peu calmées et mon estomac également. Nous sommes cependant toujours à la dérive. Pour nous changer les idées, mon compagnon cherche à entretenir la conversation.

— Parle-moi un peu de toi, Jules.

— Que veux-tu savoir ?

— À quoi ressemble ta vie. Comment ça se passe chez toi, à Québec ? Tu as des amis ?

— Oui, j'en ai plusieurs, mais Gino et Gina sont mes *BFFs*.

— Tu vis seule avec ta mère ?

— Oui. Il y a aussi grand-maman, mais elle n'habite pas avec nous, par exemple.

— Et ton père ? Tu le vois parfois ?

— Non.

— Ah bon ! J'en suis très peiné pour toi.

Sournoisement, la pensée que je risque de mourir ici cet après-midi sans avoir pu élucider le mystère de l'identité de mon père me saute en pleine figure. J'ai beau essayer de retenir mes larmes, mes lèvres se mettent à trembler malgré moi.

— Tu sais, Juliette, ça me fait de la peine de te voir si souvent triste.

Embarrassée à l'idée d'avoir encore attiré l'attention de Vad sur mon secret, j'essaie de donner le change.

— Hum, comment ça ?

— Tu es gentille, mais je dois avouer que je trouve ton comportement et celui de ta mère un peu bizarres depuis votre arrivée.

— Bizarres ?

— Oui. Ta mère et la mienne ont l'air de comploter toute la journée. Quant à toi, tu me sembles préoccupée par je ne sais quoi. Tu as même l'air abattue par moments. Je te le répète, je serais heureux de t'aider, si je le peux... Tu peux compter sur moi, insiste-t-il en accompagnant ses paroles d'une légère caresse le long de mon avant-bras.

Sans comprendre ce qui m'arrive, je fonds soudainement en larmes. Vad m'offre son aide pour la deuxième fois aujourd'hui, mais c'est cette caresse qui me fait craquer. Je pleure, je renifle, je hoquète, j'ai peine à respirer et à voir devant moi tellement mon nez et mes yeux coulent. C'est le déluge. On croirait qu'un barrage vient de se rompre. Gentiment, doucement, le garçon me prend dans ses bras et me berce en me tapotant le dos.

— Là, là, ce n'est rien. Ça va aller. Allons, allons. Pleure si ça te fait du bien. Tu ne veux pas me dire ce qui te chagrine ? Je t'en prie.

Soudain, je ne me sens plus la force de garder le secret, de continuer toute seule à chercher.

— Je suis à la recherche de m-mon mon... mon pèèère. Je ne sais même pas qui il est ! ! !

La phrase est douloureusement sortie de ma gorge. Comme un long cri de détresse. Cette ignorance et cette quête me pèsent lourdement sur le cœur. Depuis longtemps. Je ne le réalise peut-être qu'aujourd'hui, seulement, du plus loin que je me souvienne, j'ai toujours senti ce trou béant au milieu de ma poitrine, cet espace inoccupé dans lequel le vent s'engouffre aujourd'hui. Même si ma mère m'aime de tout son cœur et que je l'aime tout autant, je me sens seule la plupart du temps. Rejetée. Comme si j'avais un défaut de fabrication. Peut-être ne suis-je simplement pas aimable... Le suis-je ? C'est horrible de se poser ce genre de questions ! Je n'en peux plus. Survit-on à ce type de blessure ? Je n'en sais rien.

17 H

Mon petit-cousin a continué à me bercer pendant quelques minutes, puis mes pleurs se sont taris. Je me sens enfin prête à me confier.

—Merci, Vad, dis-je en me redressant pour essuyer mon nez avec la manche de ma veste.

—Ma pauvre cousine, je te comprends ! Ne t'excuse pas. Tu as déjà questionné ta mère, j'imagine ?

—J'ai bien essayé, mais je n'ai rien pu tirer d'elle. C'est pour ça que mes amis et moi avons décidé de tenter de résoudre cette énigme sans elle.

Il fronce les sourcils.

— Sans elle ? Qu'avez-vous pu faire exactement ?

Je passe la demi-heure suivante à raconter comment Gina, Gino et moi avons mis la main sur l'enveloppe qui se trouvait dans le classeur du bureau de ma mère. Lorsque je lui dis ce que nous avons découvert à l'intérieur, ses yeux s'agrandissent comme des soucoupes. Plus que surpris, il a l'air stupéfié.

— Tu crois qu'il y a une possibilité pour qu'Adam Pearson soit ton père ? s'exclame-t-il.

— Euh ! C'est ce que mes amis et moi pensons, oui. Pourquoi ? Tu le connais ?

Il hésite avant de répondre. On dirait qu'il veut choisir ses mots. Soigneusement.

— Adam Pearson était le meilleur ami de mon père, répond-il.

Bang !

— Était ? Pourquoi ? Il ne l'est plus ? Ils se sont disputés ? Que s'est-il passé ? Est-ce que mon père est responsable de la rupture de leur amitié ? Tu sais où il est ?

J'ai posé toutes mes questions sans prendre le temps de respirer. J'ai toujours su qu'il y avait quelque chose de louche derrière le mutisme de ma mère! Vais-je enfin élucider ce mystère?

La mine embarrassée, Vad répond tout doucement:

—Écoute, petite Jules, je crois qu'il vaut vraiment mieux que tu parles à ta maman lorsque nous rentrerons à la maison. À supposer qu'Adam Pearson soit vraiment ton père, et tu n'en as aucune preuve, je te le rappelle, c'est à elle de te raconter ce qui s'est passé, pas à moi. Tu dois lui parler de ton chagrin, de tes soupçons, de cette enveloppe.

—Elle a promis de me divulguer son secret ce soir.

—Et que fricotais-tu avec Suzanne du Codmother tout à l'heure? Tu lui as montré la photo que tu as en ta possession, c'est ça?

—Oui, et un mot qu'elle a écrit à ma mère il y a longtemps, lui révélé-je, en sortant les copies de mon sac à dos. Regarde!

—Il a vieilli depuis, mais c'est bien Adam Pearson, confirme Vad en voyant la photo. Je ne peux t'en dire plus. Ni papa ni maman n'ont jamais mentionné devant moi qu'il pouvait avoir une fille. Je sais par contre qu'il n'est pas marié et je ne lui ai jamais connu de petite amie.

— C'est bon ou mauvais signe, tu crois?

— J'avoue que je n'en sais trop rien.

Voyant deux grosses larmes rouler sur mes joues, il me tend les bras, m'enlace à nouveau et poursuit:

— Même si je ne suis pas dans ta situation, je compatis à ta souffrance. Tu fais preuve de beaucoup de courage, petite-cousine. J'ai grandi avec une mère et un père aussi aimants l'un que l'autre. Tous les deux m'ont soutenu autant qu'il est possible de le faire et je peux à peine imaginer comment je me serais développé si l'un des deux m'avait manqué ou si je m'étais senti abandonné ou délaissé.

Il accompagne son geste d'une nouvelle caresse sur mon avant-bras. Je trouve l'affection et la compassion de Vad plutôt réconfortantes, bien que je ne puisse m'empêcher d'éprouver aussi le besoin de défendre ma mère. Après tout, quoi que j'en dise parfois, la vie avec elle est plutôt belle. Je me redresse donc pour continuer:

— Tu sais, la plupart du temps, je n'ai pas l'impression d'être si malheureuse que ça. Ma mère est formidable. Elle m'adore et je ne manque de rien. Nous passons beaucoup de temps ensemble, nous rigolons et vivons toutes sortes de choses. Nous n'avons à peu près pas de secrets l'une pour l'autre (du moins, je le croyais). Seulement, il m'arrive d'envier mes amis qui sont aimés à la fois par une mère ET un père. Comme les sœurs Lirette à qui leur papa passe tous leurs caprices.

—Je comprends, oui. Sauf qu'il vaut mieux n'avoir qu'une mère aimante plutôt que d'être orpheline, pas vrai?

Je baisse la tête. Il a raison mais...

—Je voudrais juste comprendre. Gino a les mêmes goûts et les mêmes centres d'intérêt que son père. Celui-ci est un modèle pour lui et il a choisi de lui ressembler lorsqu'il sera grand. Je n'ai pas ce choix, cette possibilité. Enfin, je m'inquiète parfois à l'idée qu'il n'y aura plus personne pour prendre soin de moi si ma mère venait à disparaître. Ma grand-mère est âgée déjà et notre famille ne comptait personne d'autre, à ma connaissance, jusqu'à ce que je découvre que maman avait une cousine ici.

À nouveau, une larme se trace un chemin sur ma joue.

—Eh bien, dorénavant, tu m'auras moi aussi, petite Juliette, me console Vad avec chaleur, en me serrant un petit peu plus fort dans ses bras.

(Je rêve ou il vient de m'appeler Juliette, comme dans «mauviette»? Bah, pour une fois, disons que ça a sonné comme dans «sœurette». ☺)

Le temps a passé et Vad et moi sommes tellement gelés que l'engourdissement nous gagne. Les doigts, les orteils et les oreilles me picotent, tandis que ma tête commence à dodeliner doucement et que mes paupières se font lourdes. Je crois que je vais bientôt m'endormir. Oh! que j'aimerais m'assoupir pour de bon un moment et oublier les ennuis dans lesquels je me suis encore fourrée. Dormir et rêver que je suis à la maison avec maman, bien au chaud. Tout oublier...

—Jules? m'interpelle mon compagnon en me secouant doucement l'épaule. Il faut te reprendre. Allez, réveille-toi. Il ne faut surtout pas t'endormir.

—Hein? marmotté-je en ouvrant un seul œil. Pourquoi donc?

(Le froid ayant engourdi ma mâchoire, j'ai peine à articuler... Tu sais, comme lorsqu'on attend trop longtemps l'autobus sur le bord du chemin au mois de janvier.)

—Le sommeil est notre pire ennemi. Si nous dormons, nous risquons de tomber à l'eau et là, ce sera l'hypothermie assurée.

—On fait comment pour rester éveillés?

—On essaie de reconnaître les espèces d'oiseaux qui volent au-dessus de nos têtes.

—Ah, bon ! D'accord.

D'après mon compagnon, on peut observer une dizaine d'espèces, au moins. Moi, je trouve qu'ils ressemblent tous à des goélands...

—Regarde là, Juliette, c'est un pélican brun et plus loin, à ta gauche, un bruant à couronne blanche.

—Hum !

Je fais semblant de m'intéresser à ce qu'il raconte pour ne pas lui déplaire, encore que je me fiche un peu de tous ces oiseaux puisqu'ils ne sont même pas bons à porter un message à qui que ce soit. À l'approche du coucher du soleil, la houle s'est apaisée. Pourtant d'autres inquiétudes m'assaillent. J'espère qu'aucun de ces volatiles ne mangent de la chair humaine. ☹ Une fois, avec maman, nous avions regardé un vieux film d'horreur à la télé. Ça s'appelait *Les Oiseaux* et ça se passait dans la région de San Francisco. Dans le film, il y avait des corbeaux (ou des corneilles ? Je ne fais pas la différence...) qui s'attaquaient aux enfants en leur arrachant des bouts de peau. ARK-QUE ! Plus dégueulasse que vraiment effrayant, à mon avis, surtout parce que les effets spéciaux m'avaient paru poches. C'était tout de même un peu impressionnant, maintenant que ça me revient en mémoire. Un de ces volatiles vient justement se poser sur le rebord de notre chaloupe. Il me regarde de ses gros yeux ronds. Je me demande bien à quoi il pense…

— Il est de quelle espèce, celui-là ? demandé-je.

— C'est un cormoran.

— Il me regarde d'un drôle d'air, celui-là.

Vad éclate de rire.

— Ah, ah, ah ! Tu es toute une numéro, ma petite-cousine, fait-il en se mettant à me frictionner les jambes et les bras pour réactiver la circulation sanguine.

Le son de son rire me fait du bien. Il me réchauffe presque. Le brouillard est en train d'envahir la baie de San Francisco. Voilà qui n'augure rien de bon. Les secours, s'il y en a, auront de moins en moins de chance de nous repérer au fur et à mesure que la surface de l'eau se couvrira de l'épais brouillard qui lui tombe dessus tous les soirs au coucher du soleil. *OMG !* Venez à notre secours quelqu'un ! Je ne peux pas croire que je vais vivre mes derniers instants ici, sur cette barque, sans avoir l'occasion de revoir ma mère au moins une fois ! Et puis, si seulement il y avait du réseau dans cette baie, je pourrais « chatter » une dernière fois avec Gino et Gina !

Nous sommes bercés dans cette chaloupe de l'enfer depuis deux bonnes heures déjà. Le sommeil a l'air de vouloir gagner Vad, et moi, ben moi, j'ai des hallucinations auditives. J'entends un son. Une espèce de... sirène. Non, pas la créature mi-femme, mi-poisson! C'est un son strident, tu vois? Une sorte de signal...

— Vad, tu entends?

— Quoi?

— Redresse-toi et tends l'oreille! Il se passe quelque chose!

— Je n'entends rien.

— Mais si, écoute bien. On dirait une corne de brume, allumé-je.

— Bon sang, tu as raison! Ça ressemble à la corne de brume des garde-côtes, s'agite Vad qui semble soudainement revenir à la vie.

Il se met debout puis pointe le bras en direction du Golden Gate.

— Regarde! crie-t-il presque. Une vedette se dirige par iciii!

— Hein?

Quand il a dit «une vedette», j'ai pensé qu'il était pris d'hallucinations à son tour. C'est vrai, quoi! Il faut être dingue pour imaginer qu'une célébrité, genre Jay Z, puisse venir à notre secours. Puis, je me souviens que le mot « vedette » désigne non seulement une tête d'affiche, mais aussi une embarcation, un bateau à moteur de petite taille, capable de se déplacer très rapidement et souvent utilisé dans les opérations policières ou de sauvetage. De sauvetage ? ☺

—On vient à notre secours, tu crois ?

—Peut-être bien, ma cousine !

Il est sans doute un peu tôt pour se réjouir. Même si Vad et moi crions à pleins poumons pour attirer l'attention, le son de nos voix reste couvert par le bruit de la mer et les cris des maudits cormorans. Là nous hurlons. Nous hurlons à nous rompre les cordes vocales et à nous faire éclater les poumons, et nous gesticulons comme des malades. Mais je n'ai pas vraiment l'impression qu'on nous repère. ☹ Et il y a pire ! Les vagues engendrées par la vedette des garde-côtes font à nouveau dangereusement valser notre frêle embarcation et menacent de nous envoyer directement nous fracasser sur les rochers. *OMG !* Je me surprends à lever les yeux et à prier. Faites que ma vie ne se termine pas ici ! Je rêve depuis ma sixième année de passer mon permis de conduire et d'emmener mon Gino en balade lorsque ça sera enfin notre tour d'aller au bal !

—Dis, Vad ?

—Oui, Jules ?

—Si on s'en sort, promets-moi qu'on restera en contact et que, même si on n'est que "petits-cousins", on fera comme si on était cousins germains et qu'on se reverra le plus souvent possible. Je n'ai jamais eu de grand frère ou de cousin avec qui jouer et ça m'a toujours manqué.

—Je te le promets. Croix de bois, croix de fer, si je mens, je vais en enfer, jure-t-il. Euh, c'est quoi au juste des cousins germains ? Ta maman n'est pas d'origine allemande à ce que je sache.

J'éclate de rire.

—Rien à voir avec la nationalité. Les cousins germains sont ceux qui partagent les mêmes grands-parents. Nous sommes éloignés d'un échelon supplémentaire.

—Germaine ou pas, j'ai toujours rêvé d'avoir une cousine. Voilà enfin mon vœu exaucé, apprécie le garçon. ☺

Les mains en porte-voix, mon petit-cousin et moi continuons de nous égosiller :

—Hé, ho, du bateau !

—Au secoooours !

—On est ici !

—Oui, venez par iciii !

Bon ben, ils viennent nous sauver ou pas ? Parce que je commence à avoir faim, moi !

— Regarde, Jules, ils s'en vont ! se désespère plutôt Vad.

— C'est pas vrai ?

La vedette de la garde côtière semble en effet manœuvrer pour faire demi-tour. Oh nooonnn ! ☹

— Non, attends. Je crois qu'ils contournent plutôt un récif ! se reprend mon petit-cousin.

Je retiens mon souffle.

— C'est ça ! Ils semblent vouloir revenir vers nous ! Hourra ! Ils se dirigent vraiment par ici cette fois ! Regarde, Jules, les hommes sur le pont nous font même des signes !

— Vraiment ?

Il a raison. Un des hommes tient un porte-voix d'une main tout en agitant l'autre bras au-dessus de sa tête.

— *Hey-ho, Hey-ho !* vocifère l'homme. *We are coming to rescue you. Stay calm please !*

« *Stay calm, stay calm !* » Il en a de bonnes, lui ! On voit bien qu'il n'est pas à moitié mort de faim et de froid. En tous cas, au moins, il dit qu'ils viennent nous sauver…

— Iciii ! nous sommes iciii ! m'époumoné-je en agitant les deux bras. Faites viiite !

19 H

Je m'évanouis presque lorsqu'un autre homme lance à notre bord une petite ancre d'acier qui vient s'accrocher au siège devant Vad et moi. Puis les choses vont tellement vite que je perds le fil. Penchés en avant, deux hommes m'attrapent par les bras et me tirent vers eux. On m'enroule dans des couvertures et on me frictionne en m'entraînant à l'intérieur de la cabine pendant qu'on récupère mon compagnon.

—*All right ! Everything is okay. You did so good out there*, nous encourage un homme en me tendant un gobelet en carton embaumant le chocolat chaud.

Il dit que tout est correct et que nous avons bien fait ça. Moi, tout ce que je veux maintenant, c'est...

—Maman ! Où est maman ?

19 H 30

—Oh, ma chérie ! Je ne peux pas croire que j'ai failli te perdre, dit ma mère, blanche comme un drap, en me tirant presque de force des bras de l'homme qui s'apprête à me déposer sur le quai du port de San Francisco où une voiture de police, une ambulance et nos parents nous attendent.

—Mon papa. Me diras-tu enfin qui est mon papa ? lui murmuré-je à l'oreille.

—Bien sûr, mon amour, chuchote-t-elle. Viens là, je te dirai tout ce que tu voudras.

Rassurée, je m'endors dans ses bras, malgré le brouhaha de tous ces gens qui s'agitent autour de moi.

Samedi 7 octobre

9 H

Confortablement installées en tête à tête dans le bureau d'Alex, maman et moi avons enfin LA conversation que j'attendais depuis longtemps.

—Ton papa s'appelle Adam Pearson, et il s'agit de l'un des journalistes américains les plus respectés du monde occidental, commence maman.

(Je le savais! Je l'avais deviné grâce à mon redoutable instinct ainsi qu'à mes formidables et inédites techniques d'investigation. Je t'épate, non? ☺)

—Il est journaliste? Vraiment? répété-je, feignant l'ignorance. Comme toi? C'est pour faire comme lui que tu as quitté ton travail d'infirmière?

Ma mère baisse un moment les yeux, comme si elle hésitait à m'avouer la vérité.

—Si on veut, oui. J'ai toujours beaucoup admiré ton père. Par contre, ses reportages étaient très différents de ce que j'écris de mon côté. Son travail à lui était plus dangereux puisqu'il couvrait les conflits internationaux.

—Que veux-tu dire par "était"? Il a quitté son travail?

Elle hésite avant de répondre, puis prend ma main dans la sienne pendant que ses yeux s'emplissent de larmes.

—On peut dire ça comme ça, oui. Avant d'aller plus loin, je tiens à m'excuser. Si j'avais su que tu souffrais autant, jamais je n'aurais attendu si longtemps avant de te mettre au courant.

—Pourquoi l'as-tu fait alors?

—Ton père et moi avions pris cette décision ensemble.

—Il est donc au courant de mon existence?

—Il l'a toujours été, oui.

—Tu ne l'aimais pas?

J'ai posé cette question d'une toute petite voix. Apprendre que mes parents ne s'aimaient pas, qu'ils se détestaient peut-être l'un l'autre me semble la pire chose qui puisse arriver...

—Ton père et moi nous sommes beaucoup aimés...

Sa voix se brise et elle prend une pause, cherchant, je crois, à refouler ses larmes. (Si elle pleure, je vais me mettre à pleurer aussi! ☹)

—Nous nous sommes rencontrés ici, à San Francisco, il y a presque quinze ans. J'étais en vacances et Adam était de passage après un reportage qui avait été particulièrement éprouvant. C'est Al qui me l'a présenté. C'était son meilleur ami. Nous avons passé un été formidable, tous les cinq, cette année-là.

—Tous les cinq?

—Vincent était déjà là.

—Oh! Et qu'est-ce qui n'a pas marché entre papa et toi? Vous avez pensé à vous marier vous aussi, non?

Maman a un mouvement de surprise, comme si elle me découvrait un don de voyance.

—Oui, ton père m'a effectivement demandé en mariage lors d'un pique-nique très romantique dans un parc magnifique.

—Tu as refusé?

—J'ai d'abord dit oui, puis on l'a envoyé en Afghanistan pour faire un dangereux reportage et il est parti pendant deux semaines, au beau milieu de notre idylle. C'est là que tout a basculé.

Elle avale sa salive avec difficulté, l'air de se remémorer des souvenirs particulièrement douloureux.

—Et puis? Tu étais toujours là à son retour?

—J'étais toujours là, oui, mais les choses avaient changé.

— Comment ça ?

— Ma chérie, continue ma mère, suppliante, il n'est pas toujours facile de comprendre les motivations des adultes. Sache seulement que nous avons pris cette décision ensemble, parce que nous pensions qu'il s'agissait de la meilleure chose à faire…

— Quelle décision ? Où veux-tu en venir exactement ? Cesse de tergiverser et raconte-moi ce qui s'est vraiment passé, s'il te plaît !

— D'accord, pendant le séjour de ton père là-bas, il y a eu un pépin avec les communications et nous avons perdu tout contact pendant près de dix jours. J'étais dans un état de panique pas possible. Je l'ai cru mort et j'ai pleuré toutes les larmes de mon corps pendant des jours.

— Sauf qu'il ne l'était pas, non ?

— En effet, et lorsqu'il est finalement rentré, je lui ai annoncé que j'étais enceinte.

Mon cœur vient de s'arrêter de battre. Tout net. Puis, il repart. Même si j'ai peur d'avoir mal, je veux connaître la suite. Je suis capable d'en prendre !

— Continue, m'man. Il n'a pas voulu de moi, c'est ça ?

Me serrant très fort la main, ma mère reprend son récit, tout doucement, en me regardant bien dans les yeux.

—Non, ça ne s'est pas passé comme cela. Il était fou de joie, moi, j'étais morte de peur.

—Pourquoi?

—Je lui ai demandé d'abandonner son travail de journaliste. Je ne me voyais pas l'attendre, quarante-cinq semaines par année, alors qu'il sillonnerait les zones les plus dangereuses de la planète, mettant continuellement sa vie en danger.

—Et... qu'a-t-il répondu?

—Il a refusé.

Elle essuie du bout des doigts de grosses larmes qui coulent maintenant sur ses joues.

—Il a dit que s'il devait faire ce sacrifice, il ne pourrait plus jamais être heureux puisque ce travail, il en rêvait depuis l'école secondaire. Il se pensait investi d'une mission très spéciale. Celle de dénoncer les injustices à travers le monde.

—Oh!

—Pour ma part, je refusais de passer ma vie à avoir peur.

—Et... et moi, dans tout cela? Vous avez pensé à moi?

—Nous avons effectivement beaucoup pensé à toi. D'un commun accord, nous avons convenu que je devais rentrer au Canada où tu pourrais grandir dans l'insouciance de ce que vivait ton père. Oh! ma poussinette! Le jour de ta naissance a sans doute été le plus beau jour de ma vie! Tu étais minuscule et tellement parfaite. Je suis tombée amoureuse de toi à la seconde où j'ai aperçu le bout de ton nez. Tu lui ressembles, tu sais?

Quand elle essaie de caresser ma joue, je la repousse.

— Non, je ne sais pas! lui opposé-je avec colère. Comment le pourrais-je? Je ne l'ai jamais vu. Pourquoi ne m'avoir jamais parlé de lui? Pourquoi ne s'est-il jamais manifesté? C'est très cruel de votre part à tous les deux!

J'ai haussé le ton, furieuse d'avoir été privée de quelque chose auquel j'avais droit.

— Nous ne voulions pas que tu grandisses en ayant constamment la peur au ventre, la peur de perdre ton père. Un père qui n'aurait pas pu t'accorder toute l'attention que tu méritais et à laquelle tu avais droit.

— Vous aviez décidé de me cacher tout cela jusqu'à la fin des temps?

— Non. Nous avions prévu de tout te dire pour ton seizième anniversaire!

— Pourquoi seize ans et non pas six ou treize?

— Nous pensions qu'il fallait attendre que tu aies atteint la maturité nécessaire pour nous comprendre.

—Et, qu'est-ce qui t'a fait changer d'avis ? Pourquoi sommes-nous réellement venues ici ?

Cachant son visage dans ses mains, voilà qu'elle éclate en sanglots.

—Oh, Juliette, si tu savais comme je suis désolée !

—Ça va ! Il n'est pas nécessaire de pleurer, m'man. Tu me le présentes demain et ça ira !

C'est ce moment qu'Alex et Vad choisissent pour entrer dans la pièce. Grrr... (Tu imagines le tableau ? Je vis un des moments les plus importants de mon existence tandis que maman pleure comme une fontaine – Dieu sait pourquoi ! –, et ces deux-là viennent nous faire un petit coucou... Ils ne voient donc pas que nous en avons plein les bras ! ?)

—Euh... Juliette ? nous interrompt Vad.

—Quoi ? Désolée, on est occupées, là, m'impatienté-je.

—Euh... justement, bredouille Alex, visiblement mal à l'aise. J'ai quelque chose à te dire au sujet de ton papa.

Lui aussi ? Décidément, c'est le jour des grandes annonces !

—Adam a eu des ennuis dernièrement, poursuit-il. Enfin, il y a deux ans.

—Quel genre d'ennuis ?

—Il a, il est, il s'est rendu au Burkina Faso et…
il y a eu une explosion.

Là, je vais avoir besoin de m'asseoir, je crois.
Non, je suis DÉJÀ assise. Les cataclysmes n'en
finissent plus depuis mon arrivée ici. C'est fatigant
à la longue. Un coup d'œil en direction de ma mère
me permet de voir qu'elle pleure toujours. Voilà
qu'elle me prend la main avec précaution et me
regarde avec tant de compassion que mon cœur
fait des bonds.

—Il est mort?

—Cela s'est passé en janvier, il y a deux ans. Il
y a eu une explosion à l'hôtel où il était descendu
et on n'a plus eu de nouvelles depuis, reprend le
père de Vad.

—Au début, on ne s'est pas trop inquiétés,
enchaîne Vad à son tour, parce que cela était déjà
arrivé auparavant, sauf que là, deux ans plus
tard…

—Force est d'admettre maintenant qu'il ne
reviendra sans doute jamais, complète ma mère,
toujours en larmes.

—On n'en est pas certains? demandé-je à
l'intention d'Alex, le cœur plein d'espoir.

—Les chances qu'il soit amnésique et se soit
réfugié quelque part ou ait été recueilli par une
famille sont à peu près nulles, mon chaton, s'attriste

ce dernier, l'air si abattu que je me demande à qui exactement on vient d'asséner le coup de grâce.

Soudain, c'en est trop pour moi. Je me lève précipitamment et fonce en direction de la porte. Je ne veux plus rien entendre, je ne veux plus voir personne.

—Juliette, attends! m'implore ma mère en tentant de me retenir par le bras.

—Laisse-la aller, intervient Alex. Il est normal qu'elle ait besoin d'être seule un moment.

10 H

En regardant *Le Téléjournal*, dernièrement, j'ai vu qu'il y avait effectivement nombre de familles décimées par la guerre. Dans des pays lointains, là où des villes sont bombardées, il y a des enfants, sans personne pour prendre soin d'eux, errant à la recherche d'un endroit où aller, ou pleurant à chaudes larmes à côté du cadavre de leur papa ou de leur maman. Ce n'est pas mon cas. J'ai cependant tellement de chagrin, juste là, que mon cœur menace d'éclater. Je pleure. Des litres et des litres de larmes. Toutes ces années à me poser des questions! Toutes ces années de silence, apparemment pour me protéger. De quoi au juste? Le résultat est le même, en définitive. Je n'ai toujours pas de papa. Jamais je n'aurai la chance de me réfugier dans les bras de mon père. Jamais je ne saurai ce que c'est que d'avoir un papa qui me rassure, qui me console, qui me câline, qui soit fier de moi, qui me gronde parfois, mais qui m'aime… toujours. Jamais! Je n'ai qu'une envie: me révolter! Plus encore, je veux enfin le voir! Puisque je ne pourrai pas le rencontrer, je veux voir ses photos, voir où il a vécu. M'asseyant sur mon lit, je sèche mes larmes et me mouche bruyamment. Voilà, je suis plus calme et je suis prête.

12 H

Je sors précipitamment de ma chambre et je vais retrouver les autres qui sont en train de poursuivre la discussion dans la cuisine. Lorsque j'entre dans la pièce, le silence se fait. Comme s'ils avaient tous peur de ce qui allait suivre.

—Je veux en savoir plus. Je veux voir où il habitait. Je veux voir sa maison, ses affaires, ses photos. J'ai le droit de savoir. J'ai le droit de voir.

—Oui, c'est ton droit le plus strict, m'appuie Donna, qui s'est jointe au trio. Tu as raison.

—Est-ce vraiment nécessaire? intervient Alex. Ne risque-t-elle pas de souffrir encore plus?

—C'est vraiment nécessaire, le coupe Donna.

Puis, se tournant vers moi :

— Si tu veux, je vous emmène tout de suite, ta mère et toi.

— C'est ce que je veux.

— Tu aimerais que je t'accompagne, cousine ? offre gentiment Vad, en me prenant la main.

— J'aimerais bien, oui, réponds-je avec reconnaissance.

13 H

J'apprends que mon père habitait Sausalito. Il s'agit d'une petite municipalité dans la banlieue nord de San Francisco, de l'autre côté du Golden Gate, au bord de l'eau.

— Il y fait généralement plus beau et plus chaud que dans la grande ville. Cela explique pourquoi les citadins s'y ruent la fin de semaine, explique Donna, au volant de la Westfalia.

— L'endroit est devenu célèbre dans les années 1960-1970, lorsque les hippies s'y sont installés, puis multipliés, ajoute Vad.

Me tenant fort la main, maman reste silencieuse.

À notre arrivée, je constate que les péniches rafistolées y côtoient des maisons flottantes de plus grande taille et des yachts d'un luxe inouï. La rue principale est mignonne comme tout. Des terrasses accueillantes attendent les clients à côté des galeries d'art et des boutiques de décoration ou d'artisanat. L'ensemble est très pittoresque et vraiment joli. Trop *chill*! J'aurais bien aimé grandir ici!

Donna stationne son engin devant une embarcation qui ressemble plus à un vieux rafiot qu'à un yacht. Toute en bois peint dans deux tons de turquoise. Ce n'est peut-être pas le bateau le plus chic, mais c'est certainement le plus beau, à mes yeux du moins. Soudain, je suis tout excitée. Je descends en hâte du véhicule, faisant mine de ne pas remarquer le geste de ma mère qui, la larme à l'œil, tend la main pour prendre la mienne. Je m'esquive. Elle n'aurait pas dû me cacher si longtemps la vérité!

Clefs en main, la cousine de ma mère nous invite à la suivre.

—Comment se fait-il que tu aies les clefs? demandé-je.

—Adam, je veux dire ton père, nous demandait à Alex et à moi de venir jeter un coup d'œil de temps en temps, lorsqu'il prévoyait s'absenter plus de quelques jours. Je viens toutes les semaines depuis sa disparition.

—Ah bon!

13 H 30

En pénétrant à l'intérieur de la péniche, je suis subjuguée par l'atmosphère qui y règne. À la fois bohème et très zen, la pièce principale n'est pas bien grande, et tout ce qui s'y trouve semble essentiel. La porte d'entrée donne sur une cuisinette: une petite table en bois d'allure ancienne, deux chaises pliantes noires, un vaisselier aussi ancien que la table, une armoire servant de garde-manger, un petit comptoir recouvert de céramique, un frigo en inox, une cuisinière à deux ronds et une étagère roulante servant à ranger les casseroles et autres ustensiles de cuisine. À côté, dans ce qui semble être le séjour: un sofa noir couvert de coussins indiens, un fauteuil confortable, un tapis coloré, une bibliothèque pleine de livres, un tourne-disque et des vinyles, un meuble à ordinateur sur lequel est posé un portable, une chaise à roulettes, un grand classeur blanc et un... piano! Cool! j'ai toujours rêvé d'en avoir un! Posés sur celui-ci, deux cadres attirent mon attention. Dans le premier, il y a un petit garçon, un sac d'école sur l'épaule. L'enfant a l'air d'avoir cinq ou six ans et, à la façon dont il est habillé, la photo doit dater des années 1970. Dans l'autre cadre, il y a une fillette.

— Mais c'est moi! m'écrie-je.

— Oui, confirme Donna. Il s'agit d'une photo de toi envoyée par ta mère lorsque tu avais cinq ans.

Très émue, je me saisis du cadre.

— C'était le jour de la rentrée à la maternelle. Mon premier jour d'école...

Je porte un chandail à col roulé rose sur une jupe en suède beige et des collants de couleur crème. Ma mère avait noué mes cheveux en queue de cheval et je porte un sac à dos rose fuchsia et une petite boîte à lunch de la même couleur. Le rose était ma couleur préférée à cette époque…

—Ton père adorait cette photo, me raconte Donna, en me caressant doucement le dos. Il en avait une autre copie, en miniature, qui ne quittait jamais son portefeuille.

—C'est vrai? Qui les lui a envoyées?

—C'est moi, reconnaît timidement ma mère.

—Et le petit garçon, dans l'autre cadre, qui est-ce? demandé-je, suspicieuse.

—C'est ton père au même âge, m'apprend Donna.

—Oh!

Solennellement, je poursuis l'examen des lieux, avançant à petits pas. Je pousse une porte.

—C'est l'unique chambre, m'informe maman.

La pièce est meublée d'un grand lit, d'une table de nuit, d'un téléviseur accroché au mur et d'un autre meuble à ordinateur sur lequel est posé un grand écran. Sur la table de nuit, il y a une autre photo de moi. Sur mon premier vélo. Je dois avoir six ans. Je porte un short en jeans et un t-shirt rose. J'ai un genou écorché et les deux couettes encadrant ma figure me donnent un air espiègle. La même photo sur le bureau de maman, à la maison…

—Je suis heureuse de te voir ici, ma chérie, reprend ma mère, qui tente bravement de sourire. La vérité, c'est que je mourais d'envie de t'emmener depuis un an, mais que ça me faisait peur. J'espérais tant qu'il soit là quand le moment viendrait. Je suis terriblement désolée.

Je regarde son visage attentivement. Elle a l'air sincère, à la fois chagrinée et soulagée. Pauvre maman. Je lui tends enfin la main.

—Je te comprends, maman.

—Lorsque je suis venue mercredi avec Donna, poursuit-elle, j'ai découvert certaines choses que ton père gardait à ton intention. Tu veux les voir?

C'est donc ça qu'elles fricotaient ensemble! pensé-je. Elles venaient ici toutes les deux pour préparer le terrain avant ma venue.

—Oui bien sûr! Comme quoi? demandé-je.

—Comme ceci, répond-elle en ouvrant le premier tiroir du grand classeur situé dans le salon.

Elle en sort un album de photos à la couverture de cuir patiné.

J'ouvre grand les yeux. Que peut-il bien y avoir à l'intérieur?

OMG! La surprise est de taille! (Tu devines? Non! Tu donnes ta langue au chat? Je t'aide un peu. ☺) Il y a d'abord des photos de mon père et de ma mère, ensemble, un peu partout à travers San Francisco: À Fisherman's Wharf, près des otaries, en train de manger des *fish & chips*, au Codmother, dans Chinatown, à côté de la Dragon Gate, au marché public en train de manger des huîtres (ARK-QUE!), à Muir Woods, etc. Ma mère a l'air heureuse et mon père la regarde comme si elle était la plus belle femme au monde. Puis, il y a moi: dans les bras de ma mère, quelques heures après ma naissance; en pleurs devant un gigantesque gâteau, le jour de mon premier anniversaire; en train d'essayer de souffler les bougies, le jour de mon second anniversaire; à trois ans, avec Gina et d'autres copines de la garderie; à mon premier jour d'école, avec mon premier vélo, et ainsi de suite, jusqu'à mes douze ans. Les larmes aux yeux, je tourne les pages, incrédule. Ainsi, il m'a presque vue grandir... Il y a aussi des photos de tous mes Noëls et de toutes mes années de soccer!

— C'est toi qui lui envoyais tout cela? demandé-je en me tournant vers maman.

—C'était tout naturel. Il adorait avoir de tes nouvelles et me les réclamait. Vous vous ressemblez tellement !

Effectivement, il y a une certaine ressemblance. En particulier lorsque je regarde le petit garçon dont le portrait est posé sur le piano. Papa et moi avons les mêmes cheveux et les mêmes yeux, le même sourire aussi. Du moins je crois… Ça fait tout drôle de penser « papa » tout à coup. Ma gorge se serre. Malheureusement, je ne connaîtrai jamais la sensation d'être prise dans ses bras.

—Il y a aussi cela, m'indique maman, en sortant cette fois un épais carnet du classeur.

—Qu'est-ce que c'est ?

—C'est un journal. Ton père t'écrivait, de temps en temps. Il voulait te remettre ce cahier pour tes seize ans, mais…

Les mots restent coincés dans sa gorge, tandis qu'elle me tend l'objet en question. Ouf ! Ça fait beaucoup d'émotions pour un seul jour. Fébrile, je l'ouvre à la première page. Un peu déçue, je constate que celle-ci et toutes les autres sont écrites en anglais. Hum, normal puisque mon père est Américain…

—Il était très fier quand je lui ai dit que tu apprenais l'anglais à l'école, continue maman, articulant avec difficulté.

Hum, je promets de m'appliquer en classe à l'avenir. Avoir été mise au courant avant, j'aurais travaillé plus fort... Grrr! Je m'assieds en tailleur sur le sofa pour essayer de déchiffrer tout cela:

Dear little Juliette, my honey pie,
you turned five this week and your mom sent
me a new photo of you. How pretty you are!
I never dared even dream of being the dad of
such a beautiful little girl. I must admit that,
even if we do not really know each other, I
watch you grow from afar, I am very inter-
ested in you and I love you already with all
my heart. One day I might be lucky enough
to explain to you why your mom and I made
the decision to have you grow up away from
San Francisco. Only know that the life I lead
is far from what deserves such a pretty, joyful
and carefree little girl like yourself. I love to
see you smile and just the thought that you
may one day experience unhappiness because
of me, already breaks my heart[1].

---

1. Chère petite Juliette, ma pitchounette, tu as eu cinq ans cette semaine et ta maman m'a envoyé une nouvelle photo de toi. Comme tu es jolie! Je n'aurais jamais même osé rêver être le papa d'une si mignonne petite fille. Sache que, même si on ne se connaît pas vraiment, je te

Et ça continue ainsi sur plus d'une centaine de pages. Tous les messages sont datés et il y en a un pour tous les événements importants de ma vie : mes anniversaires, ma première chute de vélo, mes bulletins scolaires et même mes « exploits » en musique, ma première pièce de théâtre et ma graduation de sixième année. Je suis très émue. Ainsi, chaque fois que je me suis sentie seule avec pour unique famille ma mère, ma grand-mère et mes *BFFs*, j'étais dans l'erreur. Ici, à San Francisco, j'avais un papa qui m'aimait à sa façon, comme en ont mes amis. Je serre le cahier sur mon cœur. J'ai de la chance, au fond. La majorité des petites filles ne recevront malheureusement jamais ce type de carnet…

— M'aman, je peux le rapporter à la maison ?

— Naturellement, ma chérie. Il est à toi, comme l'album de photos d'ailleurs.

---

regarde grandir de loin, je m'intéresse à toi et je t'aime déjà de tout mon cœur. Un jour, j'aurai peut-être la chance de t'expliquer de vive voix pourquoi ta maman et moi avons pris la décision de te laisser grandir loin de San Francisco. Sache seulement que la vie que je mène est loin de ce que mérite une aussi jolie, joyeuse et insouciante petite fille. J'adore te voir sourire et la seule pensée que tu puisses un jour avoir du chagrin par ma faute me brise déjà le cœur.

Sans trop savoir d'où cela vient, je me sens soudainement heureuse. Malgré les tristes circonstances, malgré le chagrin qui m'assaille en pensant au fait que j'ai à la fois trouvé et perdu mon père le même jour, une pensée joyeuse transperce mon esprit : mon papa m'a aimée. À sa façon.

15 H

Et puis, à ma grande surprise, j'ai finalement envie de bouger et j'ai un petit creux, là, à l'estomac.

— On fait quoi encore cet après-midi ? demandé-je à l'intention de Vad et de sa mère. J'ai un peu faim moi. Il n'y a rien à manger ici ?

— Tu as aussi envie de te dégourdir les jambes ? demande Vad.

— Oui.

Il me sourit puis se tourne vers sa mère.

— Nous pourrions les emmener à Muir Woods, tout près d'ici, et pique-niquer là-bas, suggère-t-il.

— Quelle bonne idée ! s'enthousiasment en chœur maman et Donna.

15 H 25

Muir Woods est une forêt de séquoias, comme Gina, Gino et moi l'avions découvert, en faisant nos premières recherches. J'avais peine à les imaginer, mais je me disais que ce serait cool de voir de près des arbres géants. Cool, ai-je dit? Le mot est faible! Cet endroit est magique! Non, sublimement méga magnifique! En fait, les mots me manquent.

Imagine des arbres dont le tronc a plus ou moins la circonférence d'une maison. C'est malade! J'en avais entendu parler, sauf qu'il faut le voir pour réaliser à quel point cela tient du miracle.

—La plupart de ces arbres ont autour de 1 800 ans, déclare gravement Vad, d'autres, beaucoup plus.

—Incroyable!

—Ça veut dire qu'ils en ont vu des naissances et des décès dans le coin, ajoute maman.

—Ça veut surtout dire qu'ils sont nés ici bien avant que les humains ne s'installent dans la région, conclut Donna.

Après les dures émotions de ces derniers jours, le calme solennel de cette forêt me fait du bien. Je me sens enfin… en paix. Cet endroit me rappelle qu'il y a quelque chose d'immuable en moi, une sorte de force qui m'exhorte à aller de l'avant, quelles que soient les épreuves que le quotidien me réserve.

En déambulant dans les sentiers de randonnées pédestres, nous nous attardons à la lecture des panneaux d'interprétation. J'apprends ainsi que le parc, consacré «monument national», abrite soixante-neuf espèces d'oiseaux, au moins trente espèces de mammifères et pas mal d'amphibiens, de reptiles et de poissons. Sur le tronc d'un arbre immense, je ne tarde pas à apercevoir une salamandre. Elle est trop *cute*! Toute petite et rouge comme une feuille d'automne, ou plutôt comme le tronc des séquoias qu'on appelle *redwoods*.

—M'man, tu crois que je peux la prendre un moment?

—Si elle se laisse faire, pourquoi pas?

Non sans peine, je finis par réussir à l'attraper, mais elle gigote tellement que je préfère la relâcher tout de suite.

—Il y a pas mal de prédateurs ici et elle se méfie de nous, c'est normal, commente maman. C'est d'ailleurs pour se camoufler et survivre qu'elle a adopté cette belle couleur rouge qui fait qu'elle n'est pas facile à repérer lorsqu'elle court sur les troncs d'arbres. On appelle cela "s'adapter".

—Je comprends.

Il y a des tamias en abondance aussi. Tellement mignons!

—On peut leur donner à manger? demandé-je.

— Malheureusement non, me prévient Vad, en me prenant gentiment le bras. Si on les nourrissait, ils cesseraient de se méfier de leurs prédateurs et ils ne survivraient plus longtemps. Dis-moi, comment te sens-tu ? demande-t-il, sur un ton plus grave.

— Mieux… Du moins, je crois.

En fait, bien que les derniers jours me semblent irréels, j'ai quand même le sentiment que quelque chose a changé à l'intérieur de moi. En ce moment même, par exemple, je ressens un sentiment de plénitude. Comme si le trou béant dans ma poitrine était en train de se refermer tranquillement. Comme si une blessure avait commencé à guérir. Enfin…

— Tu as toujours faim ? s'informe Donna.

— Plus que jamais, décrété-je.

— Si je me souviens bien, dit maman, le petit café du parc sert une nourriture vraiment délicieuse.

— Tu viens, princesse ? me presse Vad, en m'entraînant par la main.

Décidément, cet après-midi a tout du parfait dimanche en famille. Ne trouves-tu pas ? ☺

Dimanche 8 octobre

10 H

C'est aujourd'hui qu'a lieu le mariage de Donna et Alex. Nous sommes sur la plage de Baker Beach, à la pointe sud-ouest d'un grand parc, le Presidio, et la lumière du matin est magnifique. En fond de scène, il y a le Golden Gate et, de l'autre côté, Sausalito. Donna porte une robe blanche en dentelle sur des bottes de cowboy. Elle est trop belle! Alex est en jeans et Vad aussi. Les deux portent une chemise blanche et seule une fleur à la boutonnière d'Alex l'identifie comme le marié. Je les trouve beaux tous les deux (même Alex, malgré sa barbe ☺). Il y a très peu d'invités. Nous ne sommes que huit personnes en fait. Ma mère, moi et quelques amis du couple, des collègues médecins ou journalistes.

Lorsque l'officiant les déclare mari et femme, Donna et Alex s'embrassent en riant. Ils ont l'air heureux, tout simplement.

Dans le petit discours qu'il prononce à la fin de la cérémonie, le père de Vad mentionne la gratitude que Donna et lui ressentent, parce que nous sommes avec eux aujourd'hui, ma mère et moi. Me regardant dans les yeux, il témoigne aussi de son affection envers mon papa disparu et déplore son absence. Des larmes coulent doucement sur mes joues. (Je pleure encore, te dis-tu ? Rassure-toi. Ça n'a plus rien à voir avec les larmes que je versais hier ou avant-hier. Il s'agit aujourd'hui d'espoir et de soulagement, je le sais.)

12 H

Nous sommes attendus au Caffè Trieste pour le repas de noces. Il s'agissait du restaurant préféré de papa, m'apprend Alex. Finalement, je vais effectivement y entrer. C'est Gina qui sera contente quand elle l'apprendra ! ☺

Ce qui me saute aux yeux en entrant dans le café, c'est à quel point il est petit et sans prétention. Rien à voir avec l'endroit chic que Gino et Gina m'avaient prédit. Des célébrités, ici ? Vraiment ? Puis, je remarque un mur couvert de portraits photos en noir et blanc. Ce sont pour la plupart des gens très connus, ici, à San Francisco, m'explique Vad.

— Des stars locales, en quelque sorte?

— Hum, si l'on veut. Si tu regardes attentivement, tu en reconnaîtras sans doute quelques-unes, ajoute-t-il, l'air mystérieux.

— Sans blague?

— Sans blague, répète-t-il avec un intrigant clin d'œil.

Je commence donc à scruter le mur avec toute l'attention dont je suis capable, me demandant s'il s'agira d'étoiles de Hollywood ou de stars de la musique. Il y a sans doute plus de chance pour que ce soit des vedettes de l'époque des parents de Vad que de la période actuelle, pensé-je, en constatant que la plupart des photos datent au moins du début du millénaire. Et puis, soudain, la photo me saute aux yeux. Il s'agit d'une photo de groupe. Quatre personnes, souriant de toutes leurs dents, assises ensemble à une table. C'est ma mère que je reconnais la première. Si belle. À côté d'elle, il y a mon père, le bras gauche passé autour de ses épaules. Il la regarde avec tout l'amour du monde. Elle le regarde comme s'il était un dieu. C'est vrai qu'il est beau! Ses cheveux bruns tombent sur ses épaules et il a le même regard que le mien, lorsque

221

je suis émue. Absolument. En face d'eux, il y a Alex et Donna qui se contemplent l'un l'autre également. Deux couples d'amoureux…

— On peut s'asseoir à la table sous le mur de photos ? demandé-je à Donna.

— C'est ce qui est prévu ma chérie, répond la cousine de ma mère, en me caressant les cheveux.

13 H

En dévorant mes spaghettis à belles dents, je songe que tout est bien qui finit bien. J'ai un papa. Oui, j'en ai un. Je ne l'ai pas connu, c'est vrai. Il ne s'est pas occupé de moi quand j'étais petite. Il n'est jamais venu me voir jouer au soccer et ne m'a jamais emmenée chez le médecin. C'est vrai. Je comprends qu'il avait d'autres priorités et que je dois en faire mon deuil. Par contre, je sais qu'il a existé, qu'il était grand, qu'il était beau, qu'il était intelligent et qu'il aimait la musique et les spaghettis. Maman me l'a dit. ☺) Il m'a légué vingt-trois chromosomes, un journal, des livres, des disques vinyle et une péniche.

Oui, j'ai beaucoup pleuré ces dernières heures. À la vérité, j'oscille parfois encore entre l'envie de me rouler en boule pour recommencer à pleurer à chaudes larmes et celle de me tenir debout bien droite et de sourire à nouveau. Oui, sourire malgré tout. Parce que dans le fond de mon cœur, je crois sincèrement que cette blessure, bien qu'injuste et douloureuse, me rendra plus forte. J'écrirai sans doute un jour moi aussi. Ou peut-être pas. Je ferai peut-être le tour du monde, également. Ou peut-être pas. Mais je me fais le serment d'être heureuse et de tirer le meilleur parti possible de ce que la vie m'a donné jusqu'à présent et m'apportera dans le futur. De toutes mes forces, je VEUX VIVRE et être heureuse. Trouver ma place, explorer et exploiter mes talents, mes possibilités. Malgré ma douleur actuelle, je deviendrai une belle adulte équilibrée. J'en fais le serment. Tu auras toutes les raisons du monde d'être fier de moi, mon petit papa, que tu sois là ou pas !

Sur les pas de Juliette

MINIGUIDE DE TA VISITE À SAN FRANCISCO

Fondée en 1776 par des missionnaires espagnols, San Francisco est tout sauf une ville ordinaire. C'est surtout et sans doute, je crois, la seule où j'aurais bien aimé grandir, en dehors de Québec. Même si elle n'était qu'un minuscule hameau avant la fameuse ruée vers l'or de 1848-1849, elle est aujourd'hui, avec près d'un million d'habitants (plus de sept millions en comptant les habitants de la baie), la région la plus densément peuplée des États-Unis, juste derrière New York. C'est aussi le berceau du jeans, mon vêtement préféré, du biscuit de fortune, du mouvement *Peace & Love* et de Steve Jobs, le fondateur d'Apple et l'inventeur du iPod. Enfin, c'est une des villes les

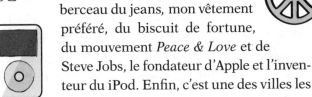

plus cool que j'ai eu la chance de visiter. La preuve, quelques centaines d'otaries et autant de perroquets y ont élu domicile, en pleine ville, et on peut toujours s'y balader en *cable car*, comme dans l'ancien temps. Pour une visite guidée, accroche-toi bien !

ARRIVER À SAN FRANCISCO ET TE RENDRE DANS LE CENTRE

Dans la plupart des cas, tu atteindras la ville en arrivant à l'aéroport international de San Francisco (SFO) ou à celui d'Oakland. Les deux aéroports sont à environ 25 km du centre que tu pourras rejoindre soit en louant une voiture, soit en prenant un taxi, un minibus ou un train (BART). De l'avis de ma mère, le minibus est le choix le plus économique tout en étant bien pratique, puisque le chauffeur te dépose à la porte de ton hôtel.

MONNAIE

La monnaie se nomme le dollar. Ça, tu ne l'ignores sans doute pas, mais attention, aux États-Unis, tous les billets de banque se ressemblent, il faut donc être très attentif ! Hormis le billet de 100 $, ils sont tous verts et ne se distinguent que par le nombre indiquant leur valeur ainsi que par les portraits des hommes politiques illustres imprimés sur leur côté face. Le billet de 1 $ représente George Washington; celui de 2 $, Thomas Jefferson; celui de 5 $, Abraham Lincoln; celui de 10 $, Alexander Hamilton; celui de 20 $, Andrew Jackson; celui de 50 $, Ulysses Simpson Grant et celui de 100 $, Benjamin Franklin. Il n'y a pas de pièces de 1 $ et de 2 $. La pièce de 1 ¢ a toujours cours, ainsi que celles de 5 ¢, de 10 ¢ et de 25 ¢.

TEMPÉRATURE

Si le légendaire soleil de Californie est la plupart du temps au rendez-vous, il ne faut pas perdre de vue le fait que le vent est omniprésent et que le brouillard, froid et humide, tombe tôt en été, soit autour de 16 h. Habille-toi de plusieurs couches de vêtements que tu pourras enlever et remettre au gré des heures, en n'oubliant pas un chapeau et des gants. Toute l'année, la crème solaire est aussi nécessaire qu'un chandail chaud.

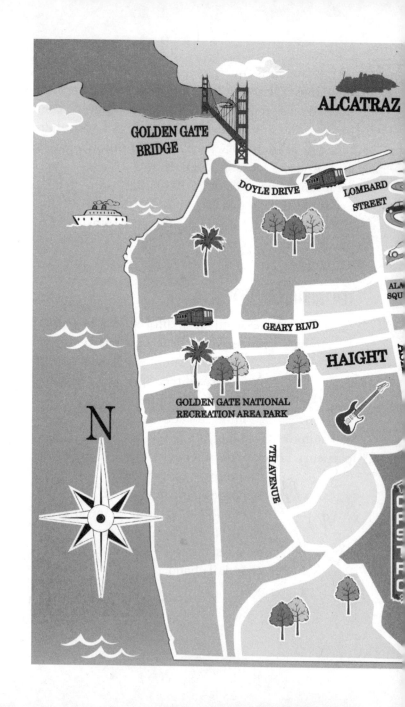

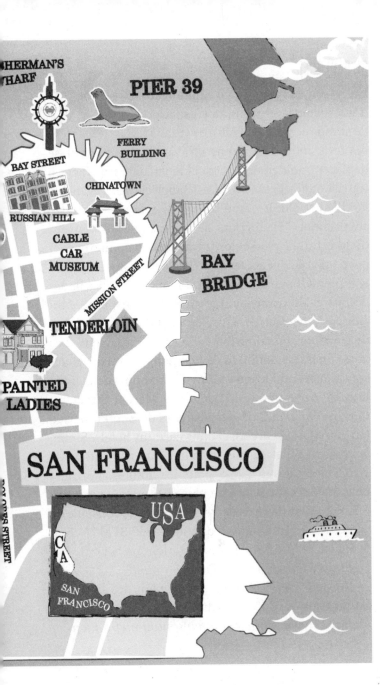

SE DÉPLACER

En raison de l'intense circulation et
d'une pénurie chronique d'espaces
de stationnement, la voiture est sans
doute le moyen le moins efficace pour qui veut se
déplacer rapidement et facilement d'une attraction
touristique à l'autre à San Francisco. En revanche,
la ville est plutôt petite (même si cela peut paraître
surprenant). Beaucoup de déplacements peuvent
donc se faire à pied et les transports en commun sont
particulièrement efficaces et bien organisés. Le réseau
comprend les *cable cars*, bien sûr, mais aussi des lignes
de bus et de tramway. La carte de transport (*Muni
Passport*) permet de circuler partout sur le réseau
de transport en commun, à un coût avantageux. Les
laissez-passer quotidiens, hebdomadaires ou mensuels
sont vendus au kiosque Muni du terminus de la ligne
le *cable car* de Powell-Hide, dans Market Street, au
Centre d'information des visiteurs de San Francisco
(au 900 Market Street), et dans certains hôtels. Sinon,
le coût du billet de bus individuel tourne autour de
1,25 $ pour toi et 2,25 $ pour les adultes. Le trajet
en *cable car* est par contre plus cher et coûte environ
6 $. Pour planifier vos déplacements, je te conseille de
visiter le site Internet (en anglais) de la SFMTA (San
Francisco Municipal Transportation Agency)

http://www.sfmta.com/getting-around

Tu peux aussi télécharger un plan des lignes de
bus et tramways à cette adresse :

https://www.sfmta.com/maps/muni-metro-map

ADMIRER ET VISITER

Il y en a pour tous les genres et pour tous les goûts à San Francisco. Et les coups de cœur ne manquent pas! Voici un aperçu des miens ainsi que quelques adresses incontournables présentées par quartiers ou secteurs.

Pour plus de détails, tu peux aussi consulter le site Internet du Centre de renseignements des visiteurs de San Francisco.

http://www.sftravel.com/article/visitor-information-center-faq

Fisherman's Wharf

Fisherman's Wharf est le quartier le plus touristique de San Francisco sur le front de mer, et certainement l'un des plus pittoresques. À l'origine, il ne s'agissait pourtant que d'un simple village de pêcheurs. Puis, au milieu du XIXe siècle, c'est là qu'accostèrent les milliers de navires remplis de passagers venus chercher fortune lors de la ruée vers l'or. Une épopée qui changea le paysage de la ville à tout jamais. On dit qu'une partie des bâtiments du quartier ont été construits directement par-dessus les épaves remblayées. Incroyable, non? Aujourd'hui, le secteur est le lieu de rendez-vous des familles qui fréquentent l'une ou l'autre de ses multiples attractions touristiques. Une longue balade sur les quais animés où se regroupent entre autres les amuseurs publics est un incontournable, mais il y a beaucoup plus encore.

• L'AQUARIUM OF THE BAY

Bien qu'assez petit, il s'agit sans doute de l'un des aquariums les plus *chill* que j'ai eu l'occasion de visiter. On y trouve des spécimens de la plupart des espèces aquatiques vivant dans la baie de San Francisco, dont une centaine de variétés de méduses aux couleurs spectaculaires et même des requins. ☺ Il y a aussi une section où tu peux caresser les étoiles de mer et les bébés raies. J'ai adoré ! ☺

Intersection de Embarcadero & Beach Street
http://www.aquariumofthebay.org/

· LES OTARIES DE PIER 39

Les centaines d'otaries qui se dorent au soleil sur les pontons de la marina sont sans conteste les étoiles du quartier. Elles constituent à elles seules une attraction touristique majeure, tout à fait gratuite de surcroît. À ne manquer sous aucun prétexte!

· LE SAN FRANCISCO MARITIME NATIONAL HISTORIC PARK

Si tu souhaites en apprendre plus sur ce que pouvait être la vie des nouveaux arrivants venus chercher fortune à San Francisco au XIXe siècle, ce musée maritime fascinant est pour toi. Les divers bâtiments constituant ses collections sont répartis en trois endroits dans le port. Si le cœur t'en dit, tu pourras même admirer et visiter de véritables navires d'époque! La vue sur la baie depuis ceux-ci est à couper le souffle.

499 Jefferson Street

(au coin de Hyde Street, à l'intérieur de la conserverie historique en briques rouges où se trouve aussi l'hôtel Argonaut.).

https://www.nps.gov/safr/planyourvisit

· LE MUSÉE MÉCANIQUE

Ce musée interactif gratuit propose des jeux d'arcades, des automates d'un autre âge ainsi qu'un ensemble impressionnant de machines de divertissement au fonctionnement mécanique. Il paraît que le propriétaire de cette collection privée, Ed Zelinsky, a commencé à recueillir ces trésors à l'âge de onze ans! Pour petits et grands enfants. ☺

Pier 45

http://www.museemecaniquesf.com/

Chinatown

Fondé autour de 1848, Chinatown San Francisco est le plus grand et le plus important quartier chinois situé hors d'Asie, en plus d'être le plus ancien d'Amérique du Nord. Après avoir passé la fameuse Dragon Gate, le « portail du dragon » qui donne accès au quartier, tu seras émerveillé par les bâtiments à toit de pagode, par les lanternes rouges accrochées de part et d'autre de Grant Avenue, et par les lampadaires ornés de dragons. On y trouve aussi d'innombrables restaurants et des boutiques de souvenirs bon marché. Dépaysement assuré.

• LA GOLDEN GATE FORTUNE COOKIE FACTORY

Située dans la plus vieille ruelle de Chinatown, cette fabrique de biscuits chinois (ou *fortune cookies*) se targue d'en avoir inventé la recette. Tu peux en faire la visite pour admirer les ouvrières les fabriquer à la main et les voir y insérer les fameuses languettes de papier portant des messages, devises ou prédictions.

56 Ross Alley

http://www.sanfranciscochinatown.com/attractions/ggfortunecookie.html

• LA CHINESE HISTORICAL SOCIETY

Si tu souhaites découvrir la vie des immigrés chinois pendant la ruée vers l'or et après, c'est-à-dire lors de la construction du chemin de fer transcontinental. Tu pourras y admirer des photos anciennes, des outils servant à chercher de l'or et divers objets du quotidien de l'époque. J'ai trouvé cet endroit fascinant !

965 Clay Street

https://chsa.org/

• LA JACK KEROUAC ALLEY

Cette poétique petite ruelle est un raccourci reliant Chinatown au quartier North Beach, c'est-à-dire Grant Avenue à Colombus Avenue. Elle a été ainsi nommée en l'honneur d'un très célèbre écrivain américain dont les origines étaient canadiennes-françaises et qui a beaucoup fréquenté ces lieux. On y trouve une plaque commémorative gravée sur le sol et portant cette jolie citation de l'auteur : « *The air was soft, the stars so fine, the promise of every cobbled alley so great, that I thought I was in a dream.* » Cela pourrait se traduire à peu près comme ceci : « L'air était doux, les étoiles si belles, la promesse de chaque ruelle si incroyable que je pensais rêver. » Maman a tellement aimé, qu'il a fallu y repasser trois jours d'affilée ! Tes parents aimeront probablement aussi. ☺

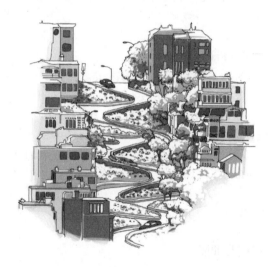

Les rues de San Francisco et le *cable car*

Les rues pentues de San Francisco et leurs côtes raides sont célèbres. Plusieurs méritent absolument le détour, même si la balade risque de mettre tes mollets à rude épreuve. Dans le chic quartier Russian Hill, la portion de Lombard Street située entre Hyde Street et Leavenworth Street, dans les hauteurs, est réputée pour être la plus tortueuse du monde avec ses huit courbes en lacets. On raconte que les habitants du quartier, las de constater que nombre de conducteurs impétueux fonçaient dans le décor avec leurs voitures, auraient eux-mêmes conçu ces huit virages fleuris afin de ralentir considérablement la vitesse dans le secteur. Mission accomplie! Le quartier Nob Hill, situé sur la plus haute colline de la ville, vaut lui aussi le détour avec ses chics hôtels et ses demeures pour milliardaires. La meilleure façon de découvrir ces merveilles reste évidemment le *cable car*. Celui de la ligne Powell-Mason te fera faire l'ascension de Nob Hill tandis que celui de Powell-Hide te fera voir le Golden Gate Bridge au loin et t'emmènera en haut de Lombard Street, au départ de Fisherman's Wharf. Monter à bord en sautant sur la plate-forme pour ensuite s'accrocher à la barre est trop trippant! Profites-en pour visiter aussi le musée qui lui est consacré.

• LE SAN FRANCISCO CABLE CAR MUSEUM

Si l'histoire et le fonctionnement de ces antiques et romantiques tramways à traction par câble t'in-

téressent, la visite de ce musée s'impose. Je l'ai personnellement trouvé passionnant! Tu pourras notamment y observer les engrenages actionnés depuis la salle des machines, sous terre, pour permettre aux véhicules de grimper des collines situées quatre kilomètres plus loin. L'entrée est gratuite.

1201 Mason Street.
http://www.cablecarmuseum.org/

Haight-Ashbury

Si tes parents n'ont pas eu la chance de vivre le *Summer of Love* de 1967, ils voudront peut-être que tu les emmènes en balade pour voir l'intersection de Haight Street et Ashbury Street, où est né le mouvement hippie, ainsi que le fameux *Peace & Love*, slogan de ce qu'on appelle encore aujourd'hui le *Flower Power*. On peut y voir de grandes fresques peintes sur les murs représentant des musiciens des années 1960 et 1970 !

Levi's Plaza

Tu sais maintenant que le pantalon le plus populaire de la planète est né à San Francisco, de l'ingéniosité d'un immigrant juif originaire de Bavière. En 1860, venu de New York, Levi Strauss s'installa à San Francisco afin de proposer aux chercheurs d'or son solide pantalon, fabriqué dans de la toile de tente en provenance de Nîmes, une ville du sud-est de la France. Heureuse initiative ! Le petit musée, situé au rez-de-chaussée du siège social de la compagnie, offre un tour d'horizon des différents modèles de jeans fabriqués par Levi's, de ses origines à nos jours. Il y a de nombreuses photos anciennes, mais aussi de véritables spécimens de pantalons portés à l'époque de la ruée vers l'or. L'entrée est gratuite, ce qui ne gâche rien. Pour en savoir davantage, visite le site Internet du manufacturier.

1155 Battery Street
http:// levistrauss.com

Le Golden Gate Bridge

On ne compte plus les films dans lesquels apparaît le célèbre Golden Gate Bridge, inauguré en 1937. Célèbre grâce à sa couleur rouge et à la légèreté de son élégante structure, ce pont suspendu est indéniablement l'icône par excellence de San Francisco. On peut bien sûr le traverser à pied, à vélo ou en voiture, mais le meilleur point de vue pour l'observer demeure Vista Point Park, à son entrée. On dit qu'une véritable armée d'ouvriers travaille en permanence à son entretien en retouchant sans cesse la peinture antirouille qui protège le métal.

Alcatraz

Le vent froid chargé d'humidité qui souffle 365 jours par année sur l'île d'Alcatraz, où est située la prison  éponyme, a de quoi faire frissonner les couennes les plus dures. Pense donc à t'habiller chaudement si tu as l'occasion de visiter cette véritable forteresse reliée à San Francisco par un traversier qui fait l'aller-retour toutes les trente minutes. Attention, ne rate surtout pas le dernier bateau ! ☺ La prison telle que tu la verras a été construite en 1907 pour abriter des bandits jugés trop « difficiles » pour être  accueillis dans d'autres institutions. Le tristement célèbre Al Capone y a été emprisonné dans les années 1930. (Je sais, c'est de l'histoire ancienne, quoique tes parents connaissent sûrement ce nom. Demande donc pour voir !) L'embarquement à bord du traversier se fait au quai situé à Pier 33. Afin d'éviter les longues files d'attente, il est possible d'acheter des billets à l'avance, en ligne.

http://www.alcatrazislandtickets.com

SE BALADER DANS LES PARCS

San Francisco regorge de parcs tous plus magnifiques les uns que les autres. Voici mes préférés.

Le Golden Gate National Recreation Area Park

Véritable poumon de la ville, ce parc aussi gigantesque que paisible abrite plusieurs des principaux musées de la ville, dont l'Académie des sciences, et même un jardin botanique. On peut aussi y faire du vélo ou pique-niquer à proximité de magnifiques parterres de fleurs et

même observer de véritables bisons paître paisiblement. Certains matins, j'ai aussi eu du plaisir à simplement m'asseoir sur un banc pour regarder des personnes âgées d'origine asiatique pratiquer leur taï-chi.

On y trouve aussi le Japanese Tea Garden, un jardin et salon de thé japonais fabuleusement zen.

501 Stanyan Street
http://sfrecpark.org/destination/golden-gate-park/

Alamo Park

Situé au cœur du quartier résidentiel qu'on appelle Alamo Square, ce parc public offre une vue imprenable sur la ville de San Francisco et sur certaines des plus belles *painted ladies*, ces maisons victoriennes peintes de couleur pastel que l'on retrouve sur la plupart des images montrant San Francisco.

Embarcadero Park

Située sur le front de mer, tout près du Ferry Building, cette grande place est le lieu de rendez-vous des rollers et des planchistes. J'avoue donc avoir un petit faible pour elle. ☺ En plus, les perroquets en liberté qui y ont élu domicile sont absolument adorables. Paradoxalement, il semble que ce soit le tremblement de terre de 1989 qui ait permis l'aménagement du parc suivant l'abandon, juste après le séisme, d'un projet d'autoroute initialement censé passer à cet endroit.

Muir Woods

À vingt minutes au nord de San Francisco, ce parc national est situé de l'autre côté du Golden Gate Bridge. Je lui voue cependant une affection particulière et je t'assure qu'il vaut le déplacement. Cette forêt constituée de séquoias rouges millénaires était sur place bien avant l'apparition des humains et la vue de ces arbres géants a quelque chose de très apaisant. En me promenant tranquillement et en observant la faune et la flore présentes dans le parc, j'y ai ressenti une certaine sérénité. En passant, le casse-croûte à l'entrée du parc propose des sandwichs, soupes et desserts santé vraiment délicieux!

1 Muir Woods Road, Mill Valley
https://www.nps.gov/muwo/index.htm

MANGER

La Californie est le royaume américain des produits frais. Cela se vérifie particulièrement à San Francisco, où créativité et gastronomie vont de pair, paraît-il. On y trouve de fantastiques restaurants dans des cadres plus charmants ou originaux les uns que les autres. C'est par contre rarement bon marché, d'après ma mère. Par ailleurs, les camions ou roulottes de restauration s'avèrent un choix particulièrement intéressant pour le budget d'une petite famille. Pour moins de 10 $, ces restos mobiles permettent de déguster de délicieux plats indiens, mexicains ou autres.

Mes bonnes adresses pour toute la famille

· FERRY BUILDING

Le Ferry Building est l'ancien terminal de traversier, dans le port de San Francisco, qui a été transformé en centre commercial dédié à la fine cuisine et aux produits du terroir local. Il abrite un marché fermier, de nombreux restaurants et c'est aussi à cet endroit que se postent de nombreux camions et autres stands de restauration ambulants. Tu dois absolument y effectuer une virée et te permettre de goûter à de nouvelles choses!

· HOG ISLAND OYSTER COMPANY

Pour le cas où tu aurais envie de goûter toi aussi aux huîtres servies crues ou cuites, nature ou assaisonnées. Il paraît que c'est la meilleure adresse en ville! ☺

Ferry Plaza
http://hogislandoysters.com

· GHIRARDELLI SQUARE

Plus de soixante-dix restaurants et stands se sont installés dans cette ancienne chocolaterie située dans Fisherman's Wharf. Un véritable coup de cœur, en ce qui me concerne, en particulier pour les fameux chocolats Ghirardelli. ☺

900 North Point Street
http://www.ghirardellisq.com/

THE CODMOTHER FISH & CHIPS

Tenu par Suzanne, une jeune Anglaise fort sympathique, ce camion-restaurant offre des portions gigantesques et il s'agit très certainement du meilleur *fish & chips* à des kilomètres à la ronde. Tu m'en donneras des nouvelles!

2824 Jones Street

BOUDIN BAKERY

La boulangerie est une institution à San Francisco. Elle est célèbre pour son pain au levain fabriqué en vitrine, devant public. Les sandwichs qu'on y sert sont délicieux et la soupe aussi!

160 Jefferson Street
http://www.boudinbakery.com

CAFFÈ TRIESTE

Ce café bohème, situé dans North Beach, est surtout célèbre parce qu'il a été fréquenté par des personnalités du monde littéraire. C'est l'endroit idéal pour déguster une spécialité italienne en essayant de reconnaître les personnages dont les photos ornent les murs.

601 Vallejo Street
http://coffee.caffetrieste.com/

LEXIQUE

FRANÇAIS	ANGLAIS
Oui	Yes
Non	No
Bonjour !	Good morning !
Salut !	Hi !
Bonsoir Bon après-midi	Good afternoon
Bonne nuit	Good night
Comment allez-vous ?	How are you ?
Pardon ?	Pardon me ?
S'il vous plaît	Please
Merci	Thank you
Merci beaucoup	Thank you so much !
Ce matin	This morning
Cet après-midi	This afternoon
Ce soir	Tonight
Hier	Yesterday
Aujourd'hui	Today
Demain	Tomorrow
Ici	Here

Là	There
Gros	Big
Petit	Small
Welcome	Bienvenue
Friend	Ami
Quoi ?	What ?
Qui ?	Who ?
Quand ?	When ?
Où ?	Where ?
Pourquoi ?	Why ?
Combien cela coûte-t-il ?	How much is it ?
Quelle heure est-il ?	What time is it ?
Pouvez-vous m'aider, s'il vous plaît ?	Can you help me, please ?
Je suis perdu(e).	I'm lost.
Pouvez-vous m'indiquer le chemin vers… ?	Could you please show me the way to… ?
Je ne comprends pas.	I don't understand.
Je suis désolé(e).	I'm sorry.
Je ne parle pas anglais.	I don't speak english.
Comment vous appelez-vous ?	What is your name ?
Un	One
Deux	Two
Trois	Three
Quatre	Four
Cinq	Five

Six	Six
Sept	Seven
Huit	Eight
Neuf	Nine
Dix	Ten
Onze	Eleven
Douze	Twelve
Treize	Thirteen
Quatorze	Fourteen
Quinze	Fifteen
Seize	Sixteen
Dix-sept	Seventeen
Dix-huit	Eighteen
Dix-neuf	Nineteen
Vingt	Twenty
Trente	Thirty
Quarante	Forty
Cinquante	Fifty
Soixante	Sixty
Soixante-dix	Seventy
Quatre-vingt	Eighty
Quatre-vingt-dix	Ninety
Cent	One hundred
Mille	One thousand

UN PEU D'HISTOIRE

Bien que relativement récente, l'histoire de San Francisco n'en est pas moins fascinante.

D'abord territoire amérindien, puis ville espagnole et mexicaine, elle est officiellement américaine depuis 1848. Berceau d'innovations en tous genres et célèbre pour sa tolérance, elle a été le théâtre de la première ruée vers l'or d'envergure mondiale, elle a vu naître le *cable car*, les jeans Levi's, le mouvement *Peace & Love* et les premiers ordinateurs personnels.

Souvent à l'avant-garde de l'émancipation des minorités et des droits civiques, San Francisco est aussi réputée pour compter la plus grande part de parents homosexuels de tous les États-Unis.

En ce qui concerne les tremblements de terre, après deux séismes d'envergure dans leur histoire, les San Franciscains se préparent au *Big One* dont certains disent qu'il pourrait survenir d'ici 30 ans. À suivre!

CHRONOLOGIE

3000 av. J.-C. Les premiers habitants connus de la baie de San Francisco sont les Amérindiens ohlones.

1579 Le corsaire anglais Francis Drake prend possession du nord de la Californie (qui ne s'appelait pas encore ainsi) au nom de la reine d'Angleterre, mais sans entrer dans la baie de San Francisco.

1776 Fondation de la ville par des missionnaires espagnols qui la nomment en l'honneur de San Francisco de Asís (Saint François d'Assise).

1821 Indépendance du Mexique. San Francisco est officiellement mexicaine et s'appelle Yerba Buena. La ville voit affluer ses premiers colons américains.

1846 Un groupe de 240 pionniers mormons s'installe, faisant doubler la population.

1848 Annexion de la Californie aux États-Unis d'Amérique.

1848-1849	Ruée vers l'or. Arrivée de nouveaux résidents venus d'Asie, d'Europe et d'Amérique.
1849	Près de 800 navires pleins de chercheurs d'or quittent le port de New York pour venir à San Francisco.
1853	Levi Strauss commence à vendre ses célèbres jeans.
1860	La population officielle de San Francisco est de 56 802 personnes
1870	La population officielle de San Francisco passe à 149 473 personnes.
1873	Entrée en service du premier *cable car* de San Francisco.
1900	La population est de 342 782 personnes.
1906	Un terrible tremblement de terre ébranle San Francisco et déclenche un gigantesque incendie qui dure trois jours et détruit une grande partie de la ville.
1907	Construction d'Alcatraz, d'abord prison militaire, puis pénitencier fédéral à haute sécurité à partir de 1934.
1933	Début de la construction du Golden Gate Bridge.
1934	L'île d'Alcatraz devient un pénitencier à haute sécurité.

1937	Ouverture du Golden Gate Bridge.
1945	Fin de la Seconde Guerre mondiale. La première conférence sur la paix se tient à San Francisco. Signature en juin de la Charte des Nations Unies par 50 pays.
1958	Les Giants de New York s'installent à San Francisco, donnant à la ville sa première grande équipe de baseball.
1963	Fermeture de la prison d'Alcatraz.
1967	Environ 500 000 jeunes célèbrent le *Summer of Love* à Haight-Ashbury, une intersection d'un quartier de San Francisco.
1978	Apple conçoit le premier ordinateur personnel.
1989	Un nouveau séisme d'envergure secoue la ville et fait s'effondrer le tablier du Bay Bridge.
2004	L'acteur Arnold Schwarzenegger est élu gouverneur de la Californie.
2010	Lors du recensement, la population de San Francisco est établie à 805 235 habitants.
20xx	Visite de Juliette Bérubé.
20xx	Ta visite.

QUESTIONNAIRE

Te voilà prêt(e) à partir pour San Francisco ? Super !
Je te suggère cependant de faire ce test avant ton
départ, histoire de vérifier si tu as bien assimilé tous
les renseignements nécessaires afin de te faire passer
pour un(e) véritable San Franciscain(e). ☺

**1. L'année 1776 a été marquée par un événement
important dans l'histoire de la Californie. De quoi
s'agit-il ?**
   a. De l'inauguration du Golden Gate Bridge
   b. De la fondation des studios de cinéma de
      Hollywood
   c. De la fondation de la ville de San Francisco
   d. Du grand séisme de San Francisco

**2. La baie de San Francisco est réputée pour ses
eaux froides provenant de quel océan ?**
   a. De l'océan Arctique
   b. De l'océan Atlantique
   c. De l'océan Austral
   d. De l'océan Indien
   e. De l'océan Pacifique

3. De quel événement historique le Golden Gate Bridge tient-il son nom?

    a. De la fondation de la compagnie Apple

    b. De la ruée vers l'or

    c. De l'incendie qui a ravagé la ville après le tremblement de terre de 1906

    d. Du *Summer of Love* de 1967

4. Qu'est-ce que Yerba Buena?

    a. Le nom d'un restaurant de San Francisco

    b. Le nom de San Francisco à l'époque où elle était mexicaine

    c. Le nom de la résidence de l'ancien gouverneur de la Californie, Arnold Schwarzenegger

    d. Le nom d'un monastère de récollets

5. San Francisco est le lieu où a été inventé...?

    a. Le biscuit de fortune

    b. L'ordinateur personnel

    c. Le jeans

    d. Le cable car

    e. Toutes ces réponses

6. Aujourd'hui le lieu de rendez-vous privilégié des familles san franciscaines et des touristes, qu'était donc Fisherman's Wharf à son origine?

    a. Un marché de volailles

    b. Un village de pêcheurs

    c. Un monastère

    d. Une ferme d'élevage de bisons

7. Que trouve-t-on à l'intérieur du Musée Mécanique de Fisherman's Wharf?

   a. De vieux modèles de *cable cars*

   b. D'anciens modèles de wagons de train

   c. Des jeux d'arcades et des automates

   d. Les premiers modèles de véhicules Ford

8. Quel célèbre résidant de San Francisco a inventé le jeans, le pantalon le plus populaire du monde?

   a. Levi Strauss

   b. Johan Strauss

   c. Levi Lois

   d. Jack Kerouac

9. Dans quel quartier de San Francisco a eu lieu ce que l'on a appelé le *Summer of Love*, en 1967?

   a. Fisherman's Wharf

   b. Chinatown

   c. Haight-Ashbury

   d. Levi's Plaza

   e. North Beach

10. Quelle population occupait le territoire de San Francisco 3 000 ans avant notre ère?

   a. Les Iroquois

   b. Les Ohlones

   c. Les Espagnols

   d. Les Anglais

   e. Les Canadiens

11. Quelle est la monnaie utilisée à San Francisco ?

   a. L'euro

   b. Le dollar canadien

   c. Le peso mexicain

   d. Le dollar américain

12. Comment s'appelle l'équipe de baseball professionnelle de San Francisco ?

   a. Les Yankees

   b. Les 49ers

   c. Les Mets

   d. Les Dolphins

   e. Les Giants

Réponses en page 269

Ton carnet de visite

Date : _____ **Météo :** _____

Visites du jour : _____

_____

_____

_____

_____

Avec qui ? _____

Tes impressions : _____

_____

_____

_____

_____

_____

_____

_____

_____

_____

_____

Date: _____ **Météo:** _____

Visites du jour: _____

_____

_____

_____

_____

Avec qui? _____

Tes impressions: _____

_____

_____

_____

_____

_____

_____

_____

_____

_____

_____

_____

_____

_____

Date:_____ **Météo:**_____

Visites du jour:_____

_____

_____

_____

_____

Avec qui?_____

Tes impressions:_____

_____

_____

_____

_____

_____

_____

_____

_____

_____

_____

_____

_____

_____

_____

Date: _____ **Météo:** _____

Visites du jour: _____
_____
_____
_____
_____

Avec qui? _____

Tes impressions: _____
_____
_____
_____
_____
_____
_____
_____
_____
_____
_____
_____
_____
_____
_____

Date: _____ **Météo:** _____

Visites du jour: _____

_____

_____

_____

_____

Avec qui? _____

Tes impressions: _____

_____

_____

_____

_____

_____

_____

_____

_____

_____

_____

_____

_____

_____

Date: _____ **Météo:** _____

Visites du jour: _____

_____

_____

_____

_____

Avec qui? _____

Tes impressions: _____

_____

_____

_____

_____

_____

_____

_____

_____

_____

_____

_____

_____

_____

Date: _____ **Météo:** _____

Visites du jour: _____

_____

_____

_____

_____

Avec qui? _____

Tes impressions: _____

_____

_____

_____

_____

_____

_____

_____

_____

_____

_____

_____

_____

_____

Date: _____ **Météo:** _____

Visites du jour: _____
_____
_____
_____
_____

Avec qui? _____

Tes impressions: _____
_____
_____
_____
_____
_____
_____
_____
_____
_____
_____
_____
_____
_____
_____

RÉPONSES AU QUESTIONNAIRE

1. c. San Francisco a été fondée en 1776.

2. e. La Californie est bordée par l'océan Pacifique.

3. b. De la mémorable ruée vers l'or de 1848-1849.

4. b. Yerba Buena (qui veut dire « bonne herbe ») était le nom de San Francisco à l'époque où la petite communauté était sous domination mexicaine.

5. e. Toutes ces réponses, bien sûr !

6. b. Un village de pêcheurs.

7. c. Des jeux d'arcade et des automates.

8. a. Levi Strauss, évidemment ! 😣

9. c. Le *Summer of Love* et le mouvement hippie sont tous deux nés dans le quartier Haight-Ashbury, à San Francisco.

10. b. Les Ohlones.

11. d. Le dollar américain, bien entendu ! ☺

12. e. Les Giants.

- Si tu as obtenu plus de six bonnes réponses, je te déclare véritable spécialiste de la ville de San Francisco et de son histoire. Toutes mes félicitations !

- Si tu as entre quatre et six bonnes réponses, ne lâche pas. Tu vas y arriver avec un peu plus de concentration.

- Si tu as moins de quatre bonnes réponses, je te conseille de reprendre ta lecture de ce livre. ☺

De la même auteure

Juliette à New York, roman, Montréal, Hurtubise, 2014.
Juliette à Barcelone, roman, Montréal, Hurtubise, 2014.
Juliette à La Havane, roman, Montréal, Hurtubise, 2015.
Juliette à Amsterdam, roman, Montréal, Hurtubise, 2015.
Juliette à Paris, roman, Montréal, Hurtubise, 2016.
Juliette à Québec, roman, Montréal, Hurtubise, 2016.
Juliette à Rome, roman, Montréal, Hurtubise, 2017.

Suivez Juliette sur Facebook:
https://www.facebook.com/SerieJuliette?fref=ts

Viens nous rejoindre
/HpourHurtubise
/editions_hurtubise

GARANT DES FORÊTS
INTACTES

Achevé d'imprimer en septembre 2017
sur les presses de l'imprimerie Marquis-Gagné
Louiseville, Québec